新世紀
少兒文學家

新世紀
少兒文學家

新世紀
少兒文學家

新世紀
少兒文學家

小河彎彎

新世紀少兒文學家06

馬景賢精選集

林文寶 主編
馬景賢 著
江正一 圖

編選前言

國立台東大學榮譽教授　林文寶

在兒童習得閱讀技巧、累積閱讀經驗並養成閱讀習慣的歷程中，本然存在著不同階段的差異與跨越；從嬉遊歷險到思考認知，從圖畫影像而聲光文字，不同的閱讀取向和內容顯然豐富了當代少年、兒童讀物的樣貌。在台灣，少兒讀物擁有廣大的閱讀群眾。無論是歸屬於台灣本土創作與得獎作品，還是大量翻譯國外優良的作品。廣度上在於出版的「數量」；深度上在於作品的「品質」，均有相當高層次的水準，這是令人欣喜的現象。

然而，地球村潮流與文化殖民影響，相對的，無形中也造成「文化霸權」的入侵。深具台灣人文關懷與本土自然風情的優秀創作，往往因此緣故，可能出版未久，便覆沒在廣大的書海裡。

於是，為了免於有遺珠之憾，各項評選、推薦的活動順勢而起。一方面期望在茫茫書海中為讀者再次尋找優良的作品，這樣的歷程，可謂是在精華中萃取精華；另一方面也是為在地語言、本土文化、歷史傳承與深具台灣本土意識的佳作，提供再一次聚光的舞台。

所以，關心兒童文學出版，有其必要性的適時觀察、檢視，以期了解全面性的發展過程。綜觀兒童文學無論是常態性的出版運行，還是隱藏性的書寫變化，都是在呈現一時一地文學之菁萃，使其蓬華生輝。

筆者長期蒐羅兒童文學作家作品，輯注出版書目，曾於一九八七年及一九九八年兩度策劃兒童文學各文類階段性編選工作，並編纂二〇〇〇至二〇〇九年兒童文學年度精華選集。這些編輯工作有賴多方蒐集資料與長期關注剖析，才能徵驗文類的發展趨勢。就兒童文學小說一類之演進為例，歸納其題材走向，自寫實鄉土至奇幻異境，從孤兒自勵到頑童冒險，可見取材視野之開闊，風格也趨向多元多變。

在見證作品豐富多變之時，身為讀者固然「開卷有益」是一種幸福，然而作為評選者往往就得慎重面臨思索、分析與取捨作品，來滿足讀者及研究者。慶幸在不同時期，我們擁有願意支持這份志業的出版家，以及願意擔負這份重責的編選者，所以完成多部眾聲喧嘩、質量可觀、文類殊異的兒童文學選集，持續為茁長兒童文學的枝幹，增添新葉。

九歌出版社自一九八三年設立「九歌兒童書房」（後更名為「九歌少兒書房」）書系，其文教基金會繼於一九九三年起舉辦「九歌現代兒童文學獎」（後更名為「九歌現代少兒文學獎」），不論是獎勵作家創作或是出版優秀作品，每件事都為台灣少年小說的開展樹立典範。為服務廣大少兒讀物愛好者，特地規劃「新世紀少兒文學家」書系，以個別作家的整體作品為範疇，精選適合少年兒童閱讀的作品編輯成冊，這樣的兒童文學作家作品編選方式是前所未有的。

在台灣兒童文學創作領域以少兒讀物為創作主力者，在各時期都有名家傑作產生。有些職志未改，始終關注青春少年議題，為其發聲，儘管時空轉換，仍是筆耕不輟；有些志趣轉向，然而對少年兒童的精準描繪與豐富想像仍舊可觀。

這些作家對台灣少年兒童所處的家庭、學校、社會構築的生活有其獨到的論述，成就獨樹一幟的敘事，不僅體現在地作家的人文關懷，更形成反映本土現實的珍貴資產。

本書系為本土少兒文學名家作品選集，主要提供國小高年級以上暨高中以下學子閱讀之優秀作品，所選名作都與少年讀者生活息息相關。文章以精短為主，可讀性與適讀性兼具，以期少年讀者能獨立閱讀。

走過千禧年，在第一個十年之時，希望本書系之出版能為本土少兒作家的文學成就獻上禮讚，亦為台灣少年讀者的閱讀視野再闢風光，謹以為誌。

推薦馬景賢

重現兒時生活點滴

馬景賢先生為台灣兒童文學宿耆，兒歌、童詩、童話、兒童戲劇、少年小說等各種文類均有涉獵，不乏佳作名篇為人稱頌；推動兒童文學各項活動，不遺餘力，成就斐然。林良先生認為其作品文字「明白如話，並不刻意雕琢」，具備兒童文學所重視的口語化風格，淺語而情摯。

本書選錄作品多數為作者對故鄉及童年的憶往與漫談，透過作者對往事的追憶，讀者彷彿來到位於北京西南城郊的良鄉縣琉璃河鎮，與作者一同經歷戰亂時期的離合悲歡。其中刻畫人物者如〈沉默者的雕像〉裡敬謹寡言的父親形象、〈母親的遺產〉裡以針線密縫慈愛的母親，以及啟蒙作者文學幼苗、個性憨厚樸實的〈驢打滾兒王二〉，描繪生動，真切感人；談及往事者如〈我當小兵那年〉、〈友情的支票〉、〈花開花落〉等故事，惦念故人舊情，感恩溢於言表；敷寫人間物象者如〈柳樹和榕樹〉、〈栗子〉、〈哭雪〉等篇目，藉物抒情勵志，筆觸細膩獨到。

家鄉的風俗景物與兒時的生活點滴是許多作家創作的資源，將發生在故鄉與童年的種種人事物象再現紙上，絕不僅是記憶的忠實登錄；作家懂得運用各種創作技巧重新剪裁，將那些瑣碎回憶編織成片段旋律，在作家筆下譜寫出全新的樂章。善用故鄉與童年作為書寫題材，馬景賢先生亦是箇中翹楚；《小英雄與老郵差》與《小英雄當小兵》便是作家運用情感與想像，進一步擴寫成的少年小說作品，可供少年讀者延伸閱讀。

對少年讀者而言，作家描述亂世童年生活圖像似乎去時迢遙、不可想像；不過，兒時家居的歡欣、避難遷徙的流離、異地新生的艱辛，以及落葉歸根的惆悵，這些作者懷時感物於筆下流露的情感卻與少年讀者沒有隔閡，值得少年讀者審視今昔，閱讀體悟。

林文寶　二〇一〇年八月

與小讀者談心

沒有童年的童年

我的童年是在戰亂中度過。

七七蘆溝橋事變，開始八年抗日戰爭。家鄉淪入日本人的手中。起初逃到山裡去避難，等到安定一些後，才敢回到小鎮，這時到處都是日本兵。小學沒變，仍然在古老的關帝廟裡上課。

老師也沒變，只是多了一門日語課。另外還有一星期要全校師生集合，扛著木棍（當槍），到日本軍營舉行升旗典禮，要聽日本人訓話，要唱日本國歌，其實沒有幾個人是真心真意的聽他們講。

最多的活動是遊行，歡迎大日本皇軍打了勝仗，不然就是到火車站去歡迎日本皇軍。我的小學生活幾乎都是這樣子過的，念書已經不重要了。

日本戰敗後，國內又開始動亂不安，小學沒好好讀，讀中學更是一個夢想。於是想盡辦法，從北京到上海投親，想要達到讀中學的願望。

可惜，到了上海不久還沒安靜下來，到處更是動盪不安，這次逃難不是逃到山裡，而是逃向大海上的寶島台灣。為了逃難，為了生活，穿上不合身的軍裝，扛著比我人還要高的步槍，當了一名小兵。真想不到我的童年就這樣結束了。

很幸運，我在軍中的工作，是派到圖書館整理圖書。想不到竟在圖書館工作了一輩子。

有空時我就看林語堂編的開明藝文和國語，課本編得淺顯易懂，我不懂就問別人。有朋友看到我很用功，就託人讓我進入建中夜間部，從初中讀到高中。這時我已經不是「兒童」而是少年，於是想的多苦惱也多，主要的是還想再繼續讀書，再半工半讀完成了夜間大學。

也許是更幸運，夜間大學剛結束時，我在圖書館工作人緣不錯，因此有好心人推薦我，到了美國有名的大學圖書館工作。

我一輩子沒離開過圖書館，現在我已經退休了，一輩子沒離開過圖書館，深深覺得圖書館是服務別人，也讓我滿足了愛書、讀書的願望。知識就是力量！真的體會到書是人的最好朋友。

《小河彎彎》這本散文集，大多是我童年往事，是我童年的生活點點滴滴，我不希望小讀者，像我一樣沒有童年的童年，都能在良好的環境中，過著快樂的日子，好好學習，把握珍貴童年的每一刻時光，做一個屬於自己一生最美好的回憶，將來才不會像我一樣度過一個沒有童年的童年。

馬景賢　二〇一〇年七月

目錄

目錄

1.

小河彎彎

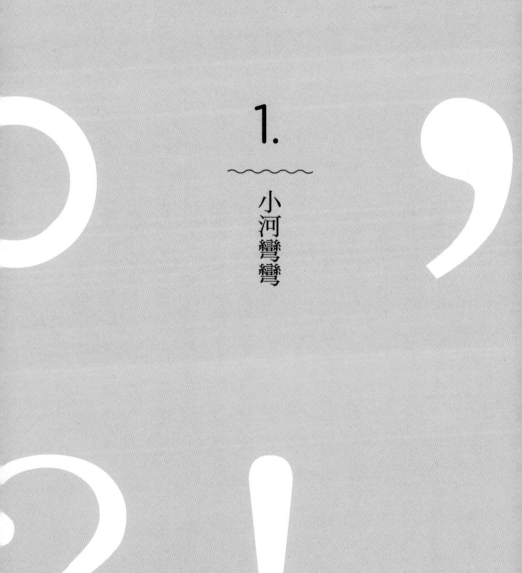

我的心中有一條彎彎的小河。

在深夜睡夢裡，小河嘩啦嘩啦的呼喚我。

在幾十年漂泊的日子裡，我一直懷念那條小河。

彎彎的河環繞在家鄉小鎮上，小河曾經陪我成長，給我童年帶來快樂。春天，河岸楊柳發出新綠，柳條兒倒映在鏡子般的水面上，一陣春風吹過，綠油油的河水上，泛起幾道微笑的笑影，歡迎來到河邊嬉戲的小孩。

我們折一段柳枝，用手不停的搓，樹皮和中間的木心鬆了，抽出木心，就成了一個柳枝笛兒。在一陣陣「笛」聲中，揭開了我們歡樂的序幕。

春天的腳步總是走得很快，轉眼就是夏天了。

夏天的小河，那才是我們的遊樂場，是我們最快樂的時光。我們一群小伙伴，光著屁股，像一群小鴨子，噗通、噗通跳進小河裡去游水。在笑聲叫聲中，看誰游得遠，看誰游得最快！

有時候，扎個猛子，潛到水底摸蝦子，去頭去尾，一仰脖兒一口吞下去，脆脆甜甜，眞是貨眞價實的「生鮮」呢！蝦子抓多了，就用細草桿穿進蝦子的頭，串成一串，然後帶回家烤著吃了。

我那時候的游水技術已經不錯了，在小伙伴中也只是「菜鳥」，但是家裡人都不知道。有一次哥哥好心，說要帶我到河邊教我游泳。我跑得像飛毛腿，到了河邊，扒了褲子噗通就跳下了水，急得哥哥大喊大叫。我在河裡卻得意的向他哈哈大笑。他問我誰教我的，我說「騎水牛兒」學會的。

我說的「水牛兒」，不是耕田拉車的牛，是我們練習游泳的「工具」——褲子。在那個年代，又是鄉下，沒有游泳圈，我們把長褲脫下，兩個褲腳綁起來，人站在水過腰時，雙手拉著褲腰，用手高高舉起來，然後很快的用力往水裡壓下去，兩條褲管立刻充滿了空氣，樣子像「丫」字，很像牛的犄角，這時再把褲腰部分抓緊，人的頭趴在充了空氣像牛角的褲襠中間，就成了很好的游泳工具——水牛兒。我們小孩子玩游泳沒有教練，從狗爬式、自由式、仰式，全是靠騎水牛兒學會的。

在小河裡玩夠了，看見岸邊有漁家的小船，划著就走，也不管人家要不要用。有時候划得好遠，主人找不到時，又跳腳又破口大罵，我們反而覺得挺樂的！至今我的划船技術仍然不錯，不管是單槳、雙槳都能划。不過這都是挨罵淘氣學來的。

小河兩岸有許多蘆葦，裡面有鳥蛋和水鴨子，只要被我們發現了，都逃不出我們的「魔掌」。不過，一不小心就會踩著葦子根，往往扎得腳丫子流血不止，不但要忍受痛苦，回家還要挨罵。

到了秋去冬來，嚴冬把大地凍起來了。雖然外面寒風刺骨，但對我們愛玩的小孩子卻沒有影響。小河結成厚厚的冰，河上成了跑馬車的大道，也成了小孩子的溜冰場。我們買不起溜冰鞋，只能玩推冰車。

推冰車或拉冰車，是一個人坐在一塊磚頭上，一個人在後面推或用根繩子在前面拉著在冰上跑。有一次，有人用繩子在前面拉，我坐磚上在冰上跑，正在得意的時候，繩子斷了，拉我的人摔得老遠，我卻往後仰，一個四腳朝天，頭碰在硬邦邦的冰上面，痛得我坐在冰上，好久好久說不出話來。我那時候大約是十幾歲左右吧，從那次以後，我再也不敢玩拉冰車了。

在小河上的嬉戲，那是幾十年前的往事了，現在年已近古稀，有些事情一

轉眼就忘，可是這陳年童年往事，卻歷歷如在眼前。幾年前，重返故鄉，站在大石橋上想看看那條心中的小河，但已不見蹤跡，原來一兩丈寬的河水，現在變得很窄，水很少，像一條小水溝，有的地方，只要一跳就能蹦過去。

小河不見了，童年的夢沒了，那條彎彎的小河，只有永遠留在我的心中了。

——原載於二〇〇〇二年三月《幼獅少年》三〇五期

2.

香椿魚

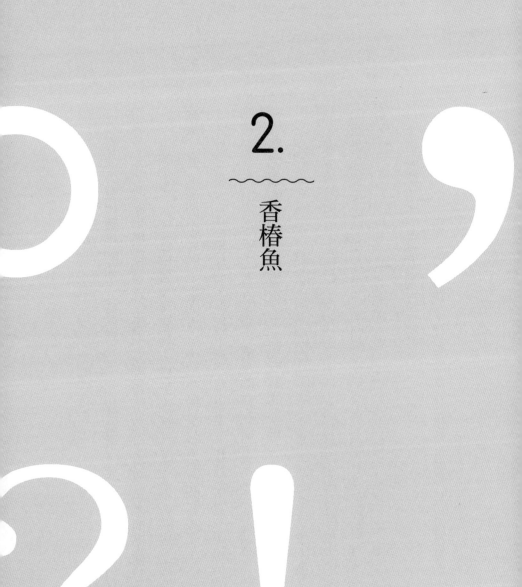

在故鄉老家的院裡，有一棵高大的香椿樹。

春天，發出嫩綠的芽，透過陽光，有如綠翡翠。過不久，嫩芽由綠變成紫紅的葉子。這時候用嫩香椿葉炒雞蛋，或是拌豆腐，再放點麻油甭提有多好吃了。再等不多久，香椿葉長大變綠，摘下後洗一洗，滾上麵粉，用油炸過，形狀像一條一條的小魚兒，香脆可口，至今仍是我最想吃的食物。

到了夏天，枝葉茂密，在樹下擺一張桌子，我就在樹下塗鴉，描摹《芥子園畫譜》。夕陽西下，涼風吹來，擺上碗筷在樹下全家共進晚餐。

離開家的那年，坐在火車上都能看到那棵高大香椿樹。車子越走越遠，樹影從視線裡消失，眼淚止不住簌簌地掉了下來。四十多年後，第一次返回故鄉，家人分散四方，早已不住在老地方了。我還沒來得及問家人的情況，竟先問四哥那棵香椿樹還在不在。四哥輕描淡寫地說：「那棵樹呀，早就被砍掉了。」

當時聽了，心裡真是挺難過的。

後來到二姐家，看見院子裡有棵小香椿樹，雖然長得細細的，也不是很

高，但是正在發芽長葉，相當茂盛。八十四歲的二姐，知道我愛吃香椿魚，每天一大早讓外甥女摘香椿葉炸香椿魚給我吃，幾乎每頓飯都有一盤香椿魚。

其實我不是貪嘴，而是邊吃邊回憶童年吧！

第二次返鄉，二姐當然還頓頓都有一盤香椿魚。我跟外甥女說這棵樹不大，長得卻很茂盛。她說：

「老舅，我想把它砍掉呢！」「爲什麼？」她不經意地說：「長在院子當中，礙事！」我笑著說：「那我下次來可就沒有香椿魚吃了。」

香椿樹的樣子並不是太特殊，葉子有一股香味，葉子可以食用，做行道樹，木材細緻堅固，可以供做家具。不知道爲什麼用它代表長壽，在祝壽詞中常用「椿壽」，比喻別人父母健在也常用「椿萱並茂」。

跟香椿長得很像的樹是臭椿，不細看很容易受騙，它葉子有股臭味，除了砍了當柴燒，好像沒有什麼用處。細想想，想不到樹也有冒牌兒貨，光看外表常常會看走了眼。

回到台灣不久，八十多歲的二姐病了，沒有多久就離開人間。心裡難受外，還一直惦念著那棵小香椿樹，沒有了老人家，會不會眞的被外甥女把樹給砍掉了呢！再回家鄉可就眞的沒有香椿魚吃了。

3.

沉默者的雕像

冬天的陽光，從屋脊上斜溜至台階前，父親的雙手托著下巴頦兒蹲在台階上，他的影子投射在灰白的土牆上，像一件精美的「沉默者」雕塑。說眞的，父親給我的印象就像他那陽光下的影子，看得到卻摸不到，雖然就在眼前，卻又像離我好遠。這是我對父親的印象，也是沉默父親的一生寫照。

父親不識字，聽母親說他十三歲就沒有了娘，跟著爺爺學手藝做木工。由於沒上過學，經常吃虧上當，吃了虧悶在心裡，從不吭聲。他爲了九個孩子吃飯穿衣，辛勤的工作像一頭不怕吃苦的牛，當然他更大的願望是要讓他的孩子能夠上學識字。

奶奶死得早，爺爺又照顧不了他，在生活上也吃了不少苦頭。到了冬天，好不容易存下點錢，買幾尺布和棉花做新棉襖，但也被做衣服的人把新棉花換成舊棉花。

有一天，父親到外地去作工，爲了走近路早些回到家裡，從結了冰的河上面走過，不小心滑到水裡。那時候天氣很冷，爬上岸，棉衣就凍得硬邦邦的，縫線的地方斷了線，從裂口處露出的都是棉花團。從這點小事情看得出來，父親早年的日子過得相當不好。

父親和我溝通的方法，用的是現在最流行的「肢體語言」。像他要帶我去剃頭棚理髮的時候，先是看我一眼把頭一搖，我就得跟著走。小時候，剃的都是和尚頭，剃頭的師父只給大人剃，小孩子由徒弟剃，因爲是學習，手不穩，刀子不快，頭多少動一下就會刮個大口子，流了血也不敢哭，所以理髮是件很痛苦的事，但父親頭一搖就不敢不去。

在我記憶裡，父親最大的嗜好，也是他生活中最奢侈的享受是喝酒，但不管喝多少，從來沒有發過酒瘋，喝了就躺在炕上大睡，醒了就去幹活兒。因此買酒是我主要的工作。家裡沒有裝酒的酒壺，他拿起大號的大海碗，把錢放在碗裡，不吭一聲把大碗遞給我。我買酒回來的代價是給我一把下酒的花生米。

有一次，我逃學到河邊玩水讓父親看到了，他使用了最嚴重的肢體語言。當時我玩得正高興，猛的一巴掌，狠狠打在我屁股上像火燒的。父親用那麼大力氣打我，那時候當然搞不清楚他氣的是什麼，現在想想，那每一巴掌可能都

是一句：「誰叫你不好好的念書。」

也許是「不打不成材」，經過那次以後，我居然考了一個「丙等第一名」。老實說，父親只知道是「第一」，並不了解丙等的意思，其實那是很壞的成績。因爲第一嘛，父親在過中秋節時，拜完兔兒爺，把月餅、柿子、梨、棗子分給我和哥哥姐姐，這叫做「分份兒」，我例外的多分了一塊月餅。

在那時候沒有冷藏食物的地方，爲了怕召來螞蟻和老鼠，我們把自己分到的放在小籃子裡，用繩子吊起來。可是第二天早上一看，我籃子裡的月餅不見了。姐姐說是給老鼠吃掉了。我很奇怪，老鼠怎麼有那麼大的本事。哥哥看著對我笑。這是我一生中唯一得到父親的獎賞，竟然不翼而飛。

在一年當中還有一件大事，父親一定要我跟他一起做，那就是七月十五日中元節。天黑後，父親在門口大馬路上畫個圓圈，圈裡畫個十字，然後就在圈裡燒紙錢。父親爲什麼畫圓圈，爲什麼一定要我跟他一起做這件事，從來沒叫過哥哥姐姐，到現在我還弄不清楚。

我十五歲離家的時候，父親已經去世了。我家裡沒有田地，父親的墳是埋在一位好朋友的田裡。幾年前回家鄉探親，父親的墳平了，地主也換了。家人跟新地主商量好，猜個大概埋葬的地方，想挖出來後跟母親的骨灰合葬，可是東挖西挖，一直找不到準確的地方。做子女的爲了表示一點孝思，還是另外找地方立了墓碑，但父親的是個空骨灰罐子。父親死後仍然像他在活著的時候一樣，蹲在地底下沒有人找得到的一個角落裡，永遠做著一個沉默者。

父親窮苦一生，沒有留給我們什麼財富。我從十幾歲跑出家後，倒有一些很像父親，的確也吃了不少虧，也養成了像父親一樣沉默的性格，從不會爲一點小事跟人去計較，但我卻深深體會到了吃虧就是佔便宜的道理。

這些年來，眞的不知道吃過多少虧，心裡當然免不了沮喪懊惱。但從不斷吃虧中得到一個很大的啓示：在當時你會覺得失去了什麼，事後再一想，其實失掉的正是自己所得的。再回想過去的歲月，更能深深體會了你得到的就是你失去的，就是你得到的。我今天的日子過得快快活活，能體會出吃虧的道理，就是永遠有一座父親沉默者的雕像在我心深處。

4.

母親的遺產

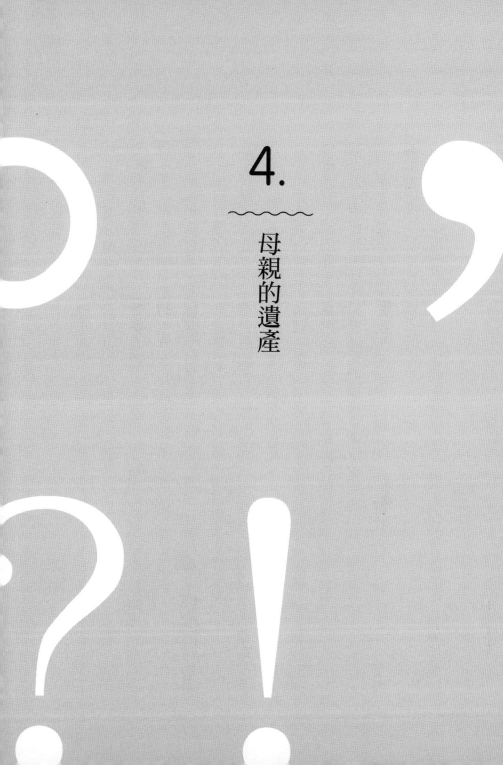

「媽，我走了。」

我拎著一個像書包一樣大的小包袱，一腳跨出門檻兒，轉著頭跟母親辭行。我的聲音很小，生怕別人聽見。因爲這是第三次離家了。前兩次都沒有走成，這次當然更沒有把握一定走得了，我根本沒有一點信心。

母親和舅舅在喝茶說話，連看我一眼都沒有。母親的臉上沒有一絲的離愁，沒有叮嚀也沒有一滴淚水。她喝了一口茶，繼續跟舅舅聊天兒。

我離家從北方到上海是想讀書。那時候我小學畢業已經兩年了。剛剛結束八年抗日，不久社會又亂起來了。家境不好，不可能再有求學的機會。這時在上海的大哥來信，希望我到上海去求學。這才又燃起我求學的慾望。當時交通很亂，從小鎮到北平的鐵路三天兩頭兒就斷，所以前後兩次都沒有走成。

第一次離家，從小鎮到北平的鐵路中斷沒走成。

第二次離家，有人要到上海，可以順便作伴照顧我，可是到了北平，又臨時取消了。

兩次都沒走成，在失望焦急的心情下，一夜之間我兩隻眼睛竟紅腫得像桃子。母親說：「你急吧，急瞎了眼睛看你怎麼辦！」

第三次要走時，母親顯得那麼冷淡，我想她心裡也在想，反正你走不成了。但萬萬沒有料到，就在「媽，我走了。」的短短一句話離開了她，而且一晃悠就是四十多年。

當時我的確很天真，到上海倒不一定是想求學，實在想看看海上的大輪船，看看上海繁華的大都市。母親怎麼勸說也不聽，走就是要走，我相當的任性。

在家裡我排行老九，母親很疼這個老兒子。在我決定要到上海的時候，母親早就準備好我的行李，那只是一個小包袱，裡面有一套學生服，一床全家最好的氈子——而且只有在過年的時候才捨得拿出來鋪在炕上。

說起這條氈子也很有趣，那是在日本人撤退的時候，一個日本兵餓得沒東西吃，用氈子跟我們交換食物來的。淺土黃色、半新不舊的氈子，上下有兩道黑色花紋，薄薄的。在氈子的左上角有個被香菸燒破的小洞，約莫有一塊錢銅板那麼大。當我決定要走了，母親坐在炕頭兒靠著窗戶，戴著她那副只有一片鏡片的老花眼鏡，像繡花一樣，一針又一針，密密麻麻補那個破洞。

從窗戶鑽進來的陽光，很清楚看見母親的淚水從沒有鏡片的眼鏡流下來。她一邊縫一邊囑咐我，不要像在家裡那麼任性，要好好的讀書，要……最後沒了聲音，只有淚水一滴一滴流著。

第三次要離家，我是沒抱一點希望，母親和三哥也是這麼想。所以沒有人送我，只有三哥塞給我九塊錢金圓券，那是他當時一個月的薪水。

我上了火車，從車窗遠遠望去，還可以看到家裡院中那棵大香椿樹，淚水不停的往下流。我把臉緊緊貼在車窗的玻璃上，生怕有人看到。那天火車開得特慢，眞像牛車一樣，原本一個小時竟走了三個多小時，到了北平已經是天黑了。

第二天，比我大兩歲的外甥幫我買了一張到天津的火車票。可是從天津到上海的船票就很困難，在大哥的朋友幫忙下，等了九天才買到船票。

上船時，朋友塞了三個大饅頭在我的小包袱裡。登上船剛要往船艙走下去，立刻被人攔住。原來我的船票只能在甲板上，沒有資格到船裡去。甲板上

有臨時撐起來的布棚子，沒有編號，誰先佔上就是誰的位子。我搶先佔了一個空位子。

北方九月入秋的天氣已經很涼。晚上海風大，很冷。我把小包袱打開，拿出那條氈子蓋在身上擋風。夜裡摸到母親縫補的那個小洞時，心裡酸酸的，這才想到她一直跟我說的「在家千日好，出門一日難」的道理了。

海風大，船搖動得很厲害，饅頭吃不下，口很渴。

我旁邊的中年人，一看就知道他

是個有經驗的出門人，吃的喝的都準備得很齊全。他看我口乾的樣子，竟好心的給了我一瓶汽水，我拿起來就喝下去，可是滿嘴流了鮮血，原來那瓶子口破了，他怕扎破嘴才給了我。他看了也有些不好意思說：「你的嘴流血了。」我擦擦嘴上的血，對他笑了笑，我還是很感謝他讓我有一口水喝。

後來到了上海，因爲時局太亂了，仍然沒有求學的機會。不久，就穿上了一身非常不合身的灰軍裝，冒名頂替了一個名字當了小兵兒。然後隨著軍隊，帶著那床氈子到了台灣。

這麼多年來，那條氈子一直跟著我跑東跑西。尤其是每當寒冷的晚上，蓋上後特別感到溫暖，眞像母親陪在我的身邊一樣。時間太久了，氈子開始風化，一動就破，中間一絲一絲的像蜘蛛網，可是母親縫的那個小破洞，仍然很牢，跟剛縫的時候一樣好。我小心的把氈子珍藏起來。

最近天有點涼，我又想起櫃子裡的氈子。我有一個奇想，想把母親縫的破洞剪下來，用鏡框框好掛在牆上，這不僅是一件愛的藝術品，也是母親留給我最珍貴的遺產！

5.

我是一個小和尚

「一個小和尚，淚汪汪，上山去燒香……」

我有時候，會不知不覺，順口唱出這首兒時唱過的老歌，因爲這首歌會帶給我太多童年的回憶。

我唸小學，是在一座大廟裡，廟裡只住了一個和尚，每當他從我們教室門前走過，大家就一齊扯著嗓子，唱著「一個小——和——尚……淚汪——汪……」，幾乎快把教室震塌了，氣得看廟的老和尚乾瞪眼。

現在每當我順口唱著的時候，常常會惹得女兒念慈和她弟弟念先的抗議。

「爸——你煩不煩呀，一天到晚唱一個小和尚，一個小和尚的，你不能唱個別的歌呀？」

「對呀！你又不是和尚！」念先附和著姐姐說。

兩個人一唱一和，同時向我進攻，我只好悶不吭聲兒。他們看我不再唱了，彼此相對一笑，偷偷作個鬼臉。

「我告訴你們，我眞的當過和尚呢！」我理直氣壯的對他們說。

「騙人——」姐弟兩個一同不相信的說。

「爸爸最會騙人了。」念慈說。

「對！最會騙人了！」念先跟著姐姐說。

「告訴你們，我只是沒有出家，到廟裡去當和尚，可是我在家裡眞當過小和尙呢！」

我這麼一說，不但沒有讓他們相信，反而惹得他們大笑一場。

「哈……哈……爸爸眞會蓋！」念先念慈笑著說。

「你當過小和尙，在那兒呀？你說呀！」念慈一股得理不讓人的壞樣子，緊緊逼著問我：「說呀！爸爸，你說呀！」

「我不騙你們，我眞當過。」我鄭重的說。

「爸，那你眞的當過和尙呀？」念先看我說話的口氣，有些相信了。

「弟弟，爸爸騙人，爸爸當了和尙，哪兒還會結婚呢？」

現在和四十年前比，當然進步多了，我說我當過和尙，他們當然不會相信。我小的時候在家排行第九，是最小的老么。在我家門口，有個擺卦攤兒的老道，替人相面批八字兒，日子久了，跟我家裡的人都很熟，有時候到家裡喝茶，休息休息。

這位擺卦攤兒的老道，有一天很正經的指著我跟我母親說：「馬大娘呀，你這個小子可不太好養啊！恐怕要送去出家當和尚才成！」

四十年前，在一個北方小鎮上，是相當保守而迷信的。母親聽了也動心了，但是她捨不得把自己的親骨肉送到廟裡去當和尚。後來，不知道是怎麼談的，父親把我拉到隔壁項大叔的理髮店去，把頭髮剃光，只留下一撮歪毛兒。等理完髮，一邊用手摸著頭，一邊照著鏡子，頭上留著一塊歪毛兒，我急得要哭的說：「項大叔，我還有一塊頭髮沒剃光呢！」

剃頭的項大叔笑著說：「傻小子，你已經出家當和尚了。」我雙手撫著頭上的歪毛兒，有小圓燒餅那麼大，急忙跑回家，鑽進屋子死也不肯出來。

「哈……哈……好好玩兒啊！」念慈念先兩個人聽我說完都笑了起來。

「我還有師父呢！」

「眞迷信！」念慈說。

「說起來，那個時候是眞迷信，如果不是奶奶捨不得我，我恐怕眞的給送去當了和尚。」

「爸爸，那你的歪毛兒呢？」念先問。

「剃光啦！」

「爲什麼要剃？」

「不剃光我不肯去上學，我吵著對奶奶說，不剃掉我就不給你們去上學了。結果沒有幾天，就把歪毛兒剃光了。」

兩個人聽我說完了，一直指著我說：「爸爸眞迷信。」

「不是我迷信，是那個時候的人迷信，不然我不是眞的當了小和尚嗎？」

6.

抱著老母雞逃難

「一個圈兒——」

「兩個圈兒——」

「三個圈兒——」

一架飛機像老鷹一樣，飛得很低很低，在空中不停的打轉兒。我站在田邊上數著它轉幾個圈兒，它轉一個圈兒，我就吃一個棗兒。

秋天，正是北方農人們收割的季節，是最忙碌的時候，每家屋頂兒上曬的，房簷兒上掛的，門口兒上堆著的，場裡壓著的，都是金黃的玉米和黍子。秋天的陽光照在上面，那金黃色的玉米和黍子，就格外的耀眼，到處都是一片金黃色。

我在地頭兒玩我的，媽跟哥哥姊姊他們，像機器人一樣，一會兒站起來直直腰，很快的又彎下腰去，他們不停的摘棉花。他們不但不理我，就是天上飛的飛機，那麼好玩的東西，也不看一眼，我心裡想，他們好傻啊！

嗡……嗡……嗡……飛機不停的在附近轉圈子。突然好遠的地方，聽到爸爸喊我們的聲音，聲音由遠而近，由小而大，很快的就到了田邊上。

「你們看到了沒有？飛機在頭頂兒上，你們不怕死啊？鬼子快來了！」爸爸急躁而又生氣的樣子繼續說：「快！快！你姨兒他們一家都來了！」

「他們來了？」媽擦擦滿頭的汗珠兒問。

「問我們要不要跟他們一塊兒走，聽說日本鬼子馬上就來。」爸爸喘著氣說。

聽了爸爸的話，突然大家都有點害怕起來了，很快的把摘好的棉花桃兒收在筐子裡，匆匆忙忙的趕回家裡去。我不懂是什麼事，問了半天也等於白問，不但爸爸媽媽不理我，連哥哥姐姐也不理我。最可氣的是他們走得特別快，我得小跑著才能跟得上他們。心裡越想越氣，越氣就拚命的往嘴裡塞棗兒吃。

街上逃難的人越來越多，嗡嗡的飛機聲音也越來越大。突然間，聽到不斷的轟隆轟隆炸彈聲，有一顆就落在我家後門口不遠的地方，把窗戶上的大玻璃全都給震碎了。

「媽呀——我們快逃吧！」四姐大聲哭了起來。

大家都嚇呆了。

「媽，我們快逃走吧，媽——」我看看四姐哭，我也哭了。

媽把我們摟在懷裡，聲音很低的跟爸爸說：「你看怎麼辦？」

「走吧！」

「走？」

「看樣子非走不行了。」爸爸很肯定的說。

「可是……田裡的棉花，還有……」媽一邊說一邊看著院子裡養的兩隻大肥豬。

「唉！這是什麼時候了？逃命要緊！一條豬一隻雞還管牠們幹什麼，要走就快點兒走！」

爸爸是個不太愛講話的人，平常日子，一天也難得跟我們說一句話，但是他的脾氣很急，所以說完了話，也沒有再跟媽商量什麼，就把缸裡存著的糧食，跟一切能吃的東西，都倒在院子裡，留給雞跟豬吃。然後，又把大哥留在家裡的洋書，統統燒了。

媽把三哥四哥做的童子軍制服，也要往火裡丟。

「媽，我們要帶著走！」三哥四哥攔著媽，哀求她不要把衣服燒掉。

「這怎麼能帶？日本鬼子看見了，那可不得了哇！」

「媽——我們……」他們流著眼淚說。

「你們看，這上面有青天白日國徽，萬一讓鬼子查到了……」媽很小聲的對他們說。

爸爸從媽的手裡用力一拉，把制服扯過來，順手就扔在火堆裡。媽給每人提了一個小包袱，爸爸擔著一個擔子，只有我用籃子提著一隻黑老母雞。媽捨不得丟下這隻會下蛋的雞，因爲這隻雞每天都下一個蛋，一年中很少有幾天不下的。

三哥四哥他們眼汪汪地，看著他們剛剛做好還沒有穿過的童子軍制服一點一點燒完了才肯走。一邊走還一邊回轉頭看看冒著的火焰，走幾步又回頭看看。最後還是爸爸用力在他們背上推了一下才走。

中秋節雖然快到了，可是街上每上每一家月餅店的大門早就關上了，人也早就走光了，只是從店門口走過時，還會有一陣一陣月餅味鑽進鼻子，眞香，不過除了我，我們全家人恐怕沒有誰想這些事兒。

出了城，逃難的人比城裡還多，還有不少從前方退下來的軍人。沿著我走的路旁還有很多受了傷的軍人，槍砲也扔在路旁。還有不斷的淒慘的呼叫聲，聽了眞叫人怕。那時天色也漸漸地暗了下來，可是逃難的人群仍然連夜在逃，人群像一條連綿不斷的黑色的長帶子，蜿蜒在黑夜裡。

「媽，我走不動了！」我走得很累很累了。

「快走，後面鬼子來了！」媽小聲悄悄地在我耳邊說。

我聽了，兩條腿好像立刻有勁兒多了，就又跟在大人後面走。我好像記得，一路上沒有停過。我提著的那隻黑老母雞下第二個蛋的那天，也就是離開家的第二天下午，我們全家人手拉著手，一個牽著一個，好像小孩玩老鷹捉小雞一樣，渡過了一條河。河水很淺，但是水流得好急，一不小心便會倒下去，有不少人被沖倒，東西沒拿好，被河水沖走了。還好，我提的那隻大黑老母雞沒被沖走。

第三天，我提著的老母雞下了第三個蛋。

我們已經沒有大路可走了，前面有一座又高又大的山擋住了。所有逃難的人，要往前走，就得走過一條懸崖上狹窄的小路，那條小路只能通過一個人，而且有時候還要面對著山崖，一點一點擦著過去。當我們提心吊膽地走過以後，每個人的衣服都被懸崖上滴下來的水滴濕了，又濕又涼，大家就趕快撿些樹枝點燃取暖，把濕衣服烤一烤。原來這個地方的名字就叫「水獄」。

走過了懸崖，路平坦好走多了，逃難的人也不像以前走得那麼快了，有的還向各個不同的方向走去。爸爸帶我們到了山上一座大廟門前休息，廟門前有好幾棵高大古老的松樹，有一個賣柿子的，每一個柿子差不多都像小飯碗那麼大。我們買了好幾個來吃，又甜又脆，吃得大家很開心，早把日本鬼子的事給忘光了。

當天晚上，我們投宿在一家山上人的家裡，好幾戶山上人家也都擠滿了逃難的人。山裡人待人很好，不但給我們住，而且把他們做的月餅拿給我們吃。

我們吃不慣他們的飯，因為都是酸酸的味道，連菜都是帶著酸酸的味兒。我們吃不下，就到梨樹園去摘鴨梨吃，又大又香，園子裡的梨儘管吃，但是不准帶走。

夜裡我們跟很多不認識的人擠在一起睡。那天夜裡不知為什麼我睡不著，就睜著眼睛看窗戶外的大月亮；心想，這要是往年，正是快要過中秋節的時候。看著看著，突然像有一個人的人頭，從窗外往裡面看，看一會兒，又縮下去，看一會兒又縮下去。嚇得我連忙用被子把頭蒙起來，但是我又好奇，蒙了一會兒又把被子拉開偷偷的看一下，那個一上一下的人頭還在那兒動。我眞是心裡好怕啊，就突然大聲喊了起來：「有鬼呀！有鬼！」

我一喊，把所有熟睡的人都給喊醒了，講給大人們聽，他們也不相信。有一個人，看我說得繪聲繪影，就走了出去，沒有多久，他拉了一隻猴子回來，原來「鬼」就是一隻調皮的小猴子。

黑老雞生下第十五個蛋的那天，從家鄉傳來的消息說，日本鬼子繞道兒過去了，鎮上已經平靜下來，有的人已經回家開門做生意。我們不敢馬上回家，就先到鄉下舅舅家住了些日子，爸爸先溜回鎮上打聽了一下，才把我們領回家。

我們回到家那天，大家一進院子，兩隻大肥豬見了我們，像見了親人一樣，一直哼啊哼啊的叫個不停，家裡一切都沒變。三哥四哥一進門就忙著在燒書的火灰中亂翻，他們找到了沒燒掉的童子軍帽上的帽徽，兩個人一聲不響的把它偷偷地放在口袋裡。

這是我「第一次」逃難的事，那時我大概六歲多，可是那些往事我一直到現在還忘不了。因為這一次逃難，使我懂了不少的事。使我好像一下子長了好幾歲。後來我是一個人逃難，我抱著的不是老母雞，而是一顆怏怏重回家園的心。

7.

山中月

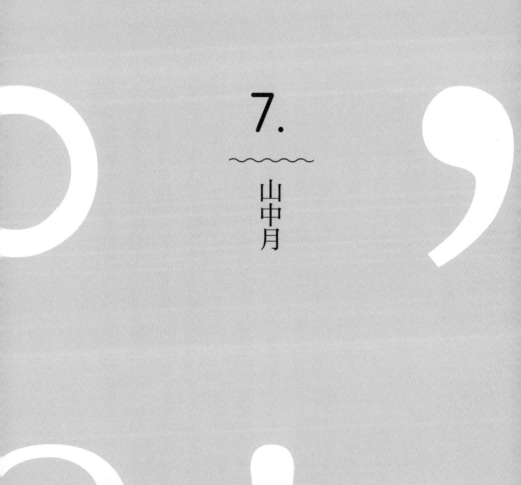

「月亮裡有小白兔嗎？」

小時候很多人都問過這個問題。因爲月亮給人的感覺，永遠像她發出來的朦朧月光，柔和而神祕，最容易讓人引起幻想；看到月亮就會想到月中的嫦娥，想到月中的小白兔，當然我們也會想到，太空人登陸月球的時候，月中的嫦娥和小白兔呢？爲什麼沒有出來歡迎太空人？還是躲避人類的打擾，又飛到另外一個星球去啦？

不管怎麼想，月亮從古就是人類的好朋友，不論你看到的是圓圓的大月亮，或是彎彎像小船的小月亮，你總會覺得，你笑她也笑，你心裡不舒服，她也跟著你在難過，非常有感情。像我們讀這首〈靜夜思〉的詩。

床前明月光，
疑是地上霜。
舉頭望明月，
低頭思故鄉。

你一閉上眼，或是望著明月，都會立刻讓你覺得，月亮眞的在偷偷陪著那思念故鄉的人在難過、在想家。

月亮溫柔慈愛，跟人的母親一樣慈祥，所以小孩子更特別喜歡月亮，拍著手對著月亮唱歌，在月光下遊戲，在月亮底下聽母親講故事，跟月亮比較看誰走得快，每個人的記憶裡都有過這種歡樂的回憶。

我小的時候，在北方鄉下，到了夏天因爲天氣太熱，常常跟哥哥一起登梯子爬上房頂去乘涼，因爲膽兒小，怕從房頂上滾下來，躺在上面一直不敢合眼，等別人都呼呼的睡著了，自己還張著大眼睛，直望著圓圓的大月亮，眞像坐在太空船上一樣，在滿天小星星的天空中飄來飄去。

有一次，爲了逃避日本人，父親帶我們全家逃到山裡去。在北方，山很少，平地生長的孩子，居然能住到山裡去，看到高山、溪水，眞覺得小鹿一樣驚喜，整日在溪邊、果樹園和山坡上玩耍，根本不懂得什麼叫逃難。

純樸的山地人，把沿著溪旁的一長排的房子，讓出來給我們一大群逃難的人住，還供給我們吃的，眞是太熱情了。可是他們的小米稀飯總是酸酸的，連青菜也是酸的，看他們吃得很香，可是我們卻一口也嚥不下去。母親就帶我們到果園裡去摘鴨梨吃，山地人讓我們隨便吃，但是不能帶走。

中秋節那天，山地人送了我們很多月餅，又大又厚，像山地人強健的身體，可是大家都呆呆看著，誰也不敢去吃，怕會不會也是酸酸的不好吃。

到了晚上，父親帶我們爬上一座「山」字形的小山，中間最高的山上有一座大廟，紅色的大廟門緊緊的關著，門前有一棵古老的大松樹，天空上一輪明月，一切都是靜悄悄的，那情景就跟武俠小說裡的樣子一樣。不知爲了什麼，大家都不說話，也沒人吃水果和月餅。母親對著月亮一語不發，像是在祈禱讓我們早日平安回到家鄉去。

因爲我最小，實在抵抗不過月餅的誘惑，不管酸不酸，就先拿起來吃，咬了一口之後就再也停不下來，原來裡面全是核桃仁和瓜子，香極了。哥哥姐姐看我吃得那麼香，也開始吃，一下子好幾個大月餅就被我們吃光了。

過中秋節是小孩們最高興的事，有吃有喝，但是長大了，就會漸漸失去過

節的興趣。但是每年的中秋節，我總忘不了站在月光下，獨自回憶一下小時候在山中那回過節的情景：那座有漆著鮮紅色廟門的大廟，那棵年紀很大的大松樹，那輪明亮的大月亮，當然還有純樸的山地人送給我又大又厚、香噴噴的大月餅。

8.

看門雞

父親是個很刻板的人，平常沉默寡言，除了忙他的工作外，不太喜歡理我們，甚至只用動作表達他的意思。所以在我的印象裡，他是一個「不愛講話的爸爸」。在我小的時候，也由於父親那種「不理人」的態度，我從來不敢有什麼奢望，像其他的小朋友一樣，能夠養隻小貓小狗的。但卻有一次例外，父親主動的要養起雞和豬來了。

那是抗日勝利的前一年，中國和日本打了八年多的仗，聽說日本鬼子就要敗了，離別八年多的大哥和二哥也可以回家了。他讓母親養了一隻豬和幾隻雞，準備迎接他們回來，大家團聚好好，吃頓團圓飯。

豬和雞在母親飼養下，都長得又肥又大，但是有一隻大公雞，雄赳赳的，長得非常強壯可愛，體型比一般的公雞大出很多，但是這隻漂亮大公雞，也給我們帶來不少麻煩。

這隻漂亮的大公雞的性情，跟其他的公雞有些不大一樣，牠很兇悍，見了生人就咬，只要聽到有人來，牠就伸著脖子，直瞪著眼飛奔出去，咬著人的褲腳不肯放，非要家裡的人大吼大叫、打牠，牠才肯放嘴。

日子久了，左右鄰居都知道我家養了一隻會看門的雞，到了門口都要先喊一聲：「來看雞啊！」

母親勸過父親很多次，要把看門雞殺了，但父親總是說再等等看，等大哥他們回來了，全家團圓的時候再殺了吃。不久，日本人投降了，但是大哥他們並沒有回來，父親當然很失望，過年的時候把豬殺了，可是他還是捨不得殺那隻會咬人的看門雞。

後來，我的小外甥從鄉下到我家來唸小學，那隻公雞對他特別凶，只要看到他的影子就追，嚇得他一天到晚不是喊舅舅來看雞，就是喊姥姥來趕雞。他的小腿給咬流了血，手也給抓破了。

母親堅持要把公雞殺掉，父親還是不同意，但沒有講再等一等的話，卻悄悄的把牠捆起來，送到市場賣了。父親一杯一杯喝著酒，眼圈兒紅紅的，一臉失望的表情。

「你何苦為一隻公雞喝悶酒呢？」母親跟父親說。

父親沒有吭聲兒，又喝了一口酒，嘆著氣說：「我是想再等一等他們呀，留著大家一齊吃！」父親傷心的說。

「聽說又打起來，到處都亂了起來，我看三年五年，他們也回不來了。」母親也很傷心的說。

父親沒有再說什麼，只是喝著酒流著眼淚。

會看門的大公雞賣了，可是仍然沒有大哥他們回家的消息，父親變得更沉默，連他習慣喝完酒，一個人閉上眼，用手輕輕敲著桌子的習慣也看不見了，他本來就很刻板不愛說話的性格，變得更讓我們不敢接近他。沒有多久，父親也悶悶不樂的離開了這個世界。

我一直不太了解父親想念大哥他們的心情，到底爲什麼會那樣，使他憂悶而死。三十年後，我自己做了父親，我才恍然大悟，每當自己的孩子不在身旁，或是到外婆家去了，雖然也明明知道他們是出去玩了，可是心中仍然放不下心來，那種一個人在家中獨自走來走去的心情，眞有一股說不來的滋味，讓我深深了解到，父親一直堅持要再等一等殺那隻看門雞的心情，這也就是大家所說的天下父母心吧！

9.

看牆

有些人喜歡看山，看水，看畫，我卻喜歡看牆。

小時候，哥哥、姊姊的年紀都比我大好多，玩不到一起。在我的記憶裡，他們很少帶我去玩，嫌我太累贅，連放風箏的時候也不讓我拉一拉線，過過癮。所以，雖然我有四個哥哥和姊姊，但是我的童年是孤獨的，這也就養成了我愛幻想做白日夢的習慣。

父親做木器生意，工人收工以後，地上常常留下一大堆鋸下來的木塊，圓的、長的、方的，有各種的形狀。那時候還沒有「積木」。我在寂寞無聊的時候，就拿那些木塊堆房子、飛機、火車，或是拼湊成各種動物的形狀。有時候一個人在炕上一玩就是大半天兒。

玩累了，就玩「看」的遊戲。北方鄉下的房子裡，那時候還沒有現代式的天花板，屋頂是用高粱稈搭成架子，然後一層一層糊上紙。這種舊式的天花板叫頂棚。時間久了，頂棚上的紙會變顏色，有時候房屋失修漏水，頂棚上的紙漬了水，等紙乾了以後就會留下很多水印子。圈圈點點，條條塊塊，仔細去看，那些花紋眞是美極了，有花鳥、山水、動物。在我孤獨的童年裡，給我帶來很多的樂趣。

後來，我從看頂棚，又發現了「看牆」的趣味。北方鄉下的牆，有的用磚，有的是用泥堆成的。日子久了，不論磚牆或是土牆，上面塗的泥土會像拼圖一樣，一塊一塊脫落下來，牆上就會留下各種不同的形狀圖案，細細去看就會發現好多不同形狀的變化。

那些有錢人家，在跨進大門口時都有一道「影壁」，免得外面路過的人一眼就看見院子裡的情形。這道影壁是用來遮著外面人的視線。那些影壁上大多畫上龍鳳呈祥、松竹梅歲寒三友，最簡單的寫個大「福」字。再講究點的還在壁前擺一口大魚缸。這些設計除了美化外，有些是爲了風水的原因。不過如果年久失修，影壁上的畫脫落以後，斑斑點點，但是細細看上去也挺有意思。有的變成潑墨畫，有的像抽象畫。不過這要憑一點看的功夫，隨便看一眼是看不出東西的，要有點想像力才會看出它的趣味。

從看頂棚，看牆，看影壁，養成了我另外一種看的方法。我在植物園附近上班，四十多年，年年看著池塘裡的荷花開開落落。每當荷花盛開的時候，總是吸引不少賞花的人。但是我跟別人看的不一樣。我愛看盛開的荷花，但是更愛看那荷花盛開後的殘荷。

殘荷的枝葉橫七豎八的樣子和水中倒影，細細去欣賞，有點像八大山人畫的殘荷。有的比現代的抽象畫還抽象。有現代美也有古典的美，那種意境只能自己去體會，不是文字所能描寫得出來的。

我從看牆發現自己學會了細心觀察東西的習慣，從觀察又學會了耐心。因爲沒有耐心是靜不下來的，當然更不會有什麼想像力了。

其實「看」也是「學問」，隨便看和細看是不同的。我從小從看牆學會了欣賞生活中的點點滴滴。就拿路邊的幾棵草來說，細看時，怎麼看怎麼美，我想再有才華的畫家，也難畫出它那隨風搖動的姿態。從看牆中，我得到最大的收穫，是讓我懂得生活要快樂，就要生活得自然自在。自然就會心安理得，那人還會有什麼煩惱呢？盛開的花朵雖然很美，落葉花片也另有一番情景。我想多學習看看生活中、自然界中的點點滴滴，就會得到看的樂趣了。

10.

柳樹和榕樹

我從小就喜歡柳樹，從小溪邊小柳樹，到大池塘邊的垂柳，從眞的柳樹到圖畫中的柳樹，我都喜歡。

童年的時候，我家住在一個小鎭上，四周都是河，河岸兩旁有很多垂到水面的大柳樹。在夏天的時候，常常跟小夥伴兒們在大柳樹蔭下捉迷藏，折下長長的柳樹條兒，繞成一個圓環，戴在頭上當帽子，用柳條兒作笛子。

有時候，大夥兒光著屁股，爬上大樹椏兒上，個個捏著鼻子，閉著嘴、合著眼，一個一個噗通噗通跳下水，像一群小鴨子，高興的在河邊玩水。玩累了又抓住柳枝爬上岸去休息，差不多整個夏天，都是在大柳樹下度過的，那一段快樂的日子，一直讓我非常懷念。

小學時候，我很愛塗塗抹抹，一本《芥子園畫譜》不知道被我翻過多少次，有柳樹的圖我就照著描摹，我這麼喜歡柳樹，我覺得柳樹和藹可親，是最愛跟人親近的一種樹，所以我對柳樹特別喜愛。

現在年紀雖然大了，但是對於柳樹的一份偏愛，到現在還是跟過去一樣。每天早晨上班，車子總要經過一排不算太高大的柳樹，但總要多看它幾眼。馬路上不斷飛過去的車輛，行色匆匆的行人，但在輕風中飄動著的柳樹，仍然是一副悠閒的樣子，並沒有理會人們在忙什麼！

中國很多畫家、詩人，都很喜歡柳樹，在畫中有幾棵柳樹，就格外顯得生動好看。我想這還是跟柳樹平易近人的樣子有很重要的關係。我國的大詩人陶淵明，在他家門口種了五棵大柳樹，就是因為喜歡柳樹那種不嫌貧富的性格。愛柳樹另外一個最大的特色是什麼地方它都能夠活下去：小河邊、池塘畔、臭水溝……它的適應力很強。前些日子去台

中，從高樓上，看著沿著綠川街上一條汙水溝兩旁的柳樹，綠油油地很美，汙水溝一點也影響不了它的生存。

從台中到台南，我們去參觀延平郡王祠。院中也有幾棵柳樹，但這次最惹我注意不是那柳樹了，而是院中的那兩棵大榕樹。

祠中的院子不大，進了寧靜庭院的大門，首先映入眼中的，是那兩棵大榕樹，它們的年紀，算起來最少也有二百多歲了。彎曲的大樹幹，像駝著背的老公公老婆婆，在左邊的一棵大榕樹，還長出一根很直的小樹幹，比茶杯粗一點，光禿禿的像老榕樹樹拄住的枴杖，其他彎彎曲曲的小樹幹，繞在一起，很像老人臉上深深的皺紋。但是當你抬頭看看那遮著炎日茂密的枝葉，你會覺得，它讓你感覺的不是衰老，而是一股精力充沛的活力。

我繞著兩棵大樹繞了好幾個圈子，摸摸它那被風吹日曬兩百多年的老榕樹，像有一股熱力衝進了我的心裡。在回途的車上，我一直在想：柳樹平易可親的性格，値得我們學，而大榕樹堅強與充沛的活力，不也正是我們該學的嗎？我覺得我除了喜歡柳樹外，現在我還應該再喜歡一種樹，那就是大榕樹。

11.

老秀才

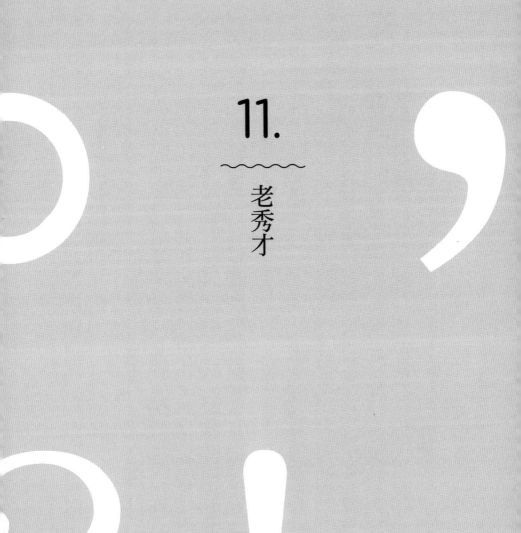

我讀小學的時候，我們的學校是在一座關帝廟裡。校長是一位清朝時候在縣府裡唸過書的老秀才。

老秀才又矮又胖，大圓臉，頭頂兒光禿禿的，亮極了，樣子很像廟裡供著的大肚彌勒佛，但是很少看到他像彌勒佛那樣笑過。因爲他是小鎮上最有學問的人，大家都很尊敬他。但是我們小孩子都很怕他，只要聽到他一喊：「站住！」在教室裡跑的、跳的、叫的……，大家立刻都像著了魔力，個個站得筆挺，誰也不敢動一動。他讓大家把地上的字紙撿起來，桌子排整齊，吵得最凶的，被他扯扯嘴巴，然後兩條粗短的小腿，拖著胖胖的身子緩慢的、一搖一晃的走開，這時大家又像一群麻雀，在教室裡嘰嘰喳喳的吵起來。

其實，老秀才校長，並不是那麼兇，只是讓人看了他的樣子有點怕。他有一個不討人喜歡的毛病，就是太愛講衛生，每次校工從井裡擔回來的水，他只要用前面的一桶水；後面的一桶水，他認爲校工放過屁，會把水給薰臭了，所以就不用，白白把辛苦擔來的一桶水糟蹋了。有時校工太氣了，就在快到家的時候，把擔著的水桶，前後顛倒過來，結果老秀才吃的水，還是被「屁」薰臭了的「臭水」。

老秀才雖然有這點怪毛病，可是他對小鎮上的教育很熱心，除了白天忙，晚上還辦平民補習班，給失學的人讀書的機會。國文課他最重視，我們學校的同學，到了五、六年級，除了國文老師的課要上，老秀才還親自教我們古文。大家都要搖頭晃腦，跟他一樣晃來晃去的，像唱歌一樣，跟著他「唱」古文，大家都覺得好笑，但是誰也笑不出來。不過到現在，我自己能夠背得滾瓜爛熟的幾篇古文，還都是那個時候「唱」會的。

那是我國抗戰快要勝利的前一、兩年的事，日本人知道快要敗了，爲了安撫我們中國人，就把代表五族共和的「紅黃藍白黑」的五色旗，換成了青天白日滿地紅的國旗，不過要在旗子上加上一條細長的三角形的黃布，上面好像寫著什麼「和平共榮」的字樣。

我們頭一次升青天白日滿地紅的國旗，大家心裡都非常興奮。老秀才校長露出從來沒有過的笑臉，特別穿上新做的長袍馬褂兒，頭上戴了頂新的帽盔兒。這天，縣城裡派來一個日本人參加我們隆重的升旗典禮。

福

國旗換了，原來當國歌的「卿雲歌」也換了，新的「歌」的歌詞中有一句話是借用古書《論語》中的一句話：「君子之於天下也，無適也，無莫也。」大概的意思是說：一個人對誰都要一樣，不要分貧富。

當老秀才給我們解說歌詞中的「適」字時，他得意洋洋的，把孔子的大道理告訴給我們，並且說「適」這個字應當唸「ㄉㄧˊ」，不能唸「ㄕˋ」。

這時那個日本人，突然打了校長一個耳光子，他戴著的新帽盔兒也隨著飛了起來。日本人大聲喊著：「什麼『ㄉㄧˊ』，唸『ㄕˋ』！」當場把校長指責了一頓，就很氣憤的走了。

老秀才紅著眼、彎著腰很吃力的把帽子拿起來戴正，然後帶著我們全體學生，集合在大廟裡當禮堂用的大佛殿裡，朝著孔子的像行禮，我們接著要跪下去三次，每跪下去一次，叩三個頭，三次叩了九個頭，這是對至聖先師最隆重的「三跪九叩禮」，每年只有在祭孔的時候才行這種禮。

行完禮，校長很激動地說：「各位同學，『無適（ㄉㄧˊ）也，無莫也。』孔聖人的話是不會錯的，記住！唸『適』（ㄉㄧˊ），不唸『適』（ㄕˋ）。」

老秀才校長擦擦眼角兒上的淚水，很堅強的壓低嗓子說：「大家都看到聽到了，最近火車站上的火車被飛機打壞了很多，飛機上漆的那個圓圓的徽章，那就是我們的國旗，就是像我們今天升起來那樣的國旗，我們中國快勝利了！」

這雖然是幾十多年前的往事了，但在我的記憶裡，像是沒有多久的事情，一直深深留在我的心裡。

12.

驢打滾兒王二

王二是個大地主家的長工，也就是一年到頭都在主人家幹活兒，家裡的雜務事都由他來管。他人個子不高，矮矮的，照北方人的身材來比較，應該算是小矮個兒。他說話時眼珠子轉個不停，聲音有點尖尖的，但人非常熱心，每次從鄉下到小鎮來趕集，總會帶著大包小包的應時農產品，有紅薯、紅棗兒、甜瓜和可以熱著吃的老玉米，其中我最喜歡他送來的是驢打滾兒。

驢打滾兒是北方一種用黃糯米粉做成的食物。黃米碾成粉蒸熟後，用擀麵杖擀成薄薄的一大塊麵皮，然後把炒熟的黃豆磨成粉和紅糖混在一起，撒在上面再捲起來，用刀切成一段一段的，這就成了好吃的驢打滾兒了。

每年到了秋收時候，新穀子熟了，王二趕集來的時候，就會送來他做的驢打滾兒。那黃糯米粉做成的驢打滾兒，紅糖從刀切縫兒滋出來，看了就想要吃。有時候他會送來碾好的黃糯米粉讓母親自己做，他說涼的不好吃，要熱的才香。真的，熱的和涼的味道的確不一樣，尤其是黃豆粉和紅糖撒在熱騰騰的黃糯米麵上，散發出那種特有的香味兒，這一直是我想像中的驢打滾兒。

前年回到故鄉，家人端上一盤黑乎乎的東西，有點像黑麵饅頭，但又不像是饅頭。我問這是什麼吃食，家人笑著說：

「這是你來信說要吃的驢打滾兒呀！」我吃了一個，還有那麼一點味道，但那色澤和香味就差得太多了。

後來到鄉下種田的外甥女家，問她還蒸不蒸年糕，做不做驢打滾兒。她笑著說：「老舅呀！這年頭兒種黍子的少了，沒人做了。」我問她的意思，是想讓她做點道地的驢打滾兒給我吃，聽了她的話也就不敢再說了。

至於王二每次到小鎮上來趕集，都到我們家歇歇腳，跟我們有什麼親戚關係，我不清楚。但是他那張笑嘻嘻的臉，透露出他憨厚的性情，很容易讓人跟他親近。我喜歡看到他，並不是他會送來好吃的驢打滾兒，我的確很喜歡他。

有一次，王二帶我到他主人家去玩，挺大的宅院裡靜得讓人害怕，因爲連隻貓狗叫的聲也沒有。原來他家的小主人在北京讀書，得了可怕的癆病，也就是肺病，全家人都忙著照顧小病人去了。肺病在那時候是一種絕症，所以過了不久人就死了。

過不久他來趕集，這次他拿來的不是好吃的驢打滾兒，而是兩本書。我

一看不是我愛看的小人書，也不是武俠小說，順手就丟在一邊了。那時候小學同學都是武俠迷，有的同學入了迷，眞的跑到山上去修煉去了，害得家人到處找。當時我們都看《三俠劍》、《七劍十三俠》、《濟公傳》和《兒女英雄傳》。同學們會從武俠小說中，找個自己崇拜的英雄人物的名字當外號，像會游水的叫「水耗子金棍兒」，會打架的叫「黃天霸」，會算計人的叫「大鼻子歐陽德」。我迷上武俠小說，常常躲在窩兒裡看，所以很小就成了大近視眼。

王二給我的兩本書，一本是謝冰心的《寄小讀者》，一本是〈藍鬍子〉和〈拇指湯姆〉的童話集。後來我拿到學校獻寶，因爲沒人看過，大家都爭著看。這也是我第一次接觸到的兒童讀物。相信驢打滾兒王二絕對沒有想到，他這兩本書對我有多大的影響。我現在對兒童文學有濃厚的興趣，眞該要感謝他。不過現在我回想起來覺得很奇怪，王二並不識字，而且他小主人的書很多，他爲什麼單獨拿這兩本書給我呢？我一直想不通，唯一的想法是王二想念小主人的一種「移情作用」，想把我當成他的小主人吧！

人世間有很多緣分，人和人之間的感情並不一定是建立在物質上，有時候只是一念之間的事，有時候只是一件小小的事，卻能影響一個人的一生。在我的成長路，王二可能就是這樣一個値得我懷念的人。

回鄉探親時，我路過王二當長工的地方，我問家人有關王二的情況，哥哥說：「早死了，死得很慘！」我聽了沒敢再問下去，我立刻陷入一陣苦思。像這樣一個平凡的小人物會怎麼慘死呢！

我們爲什麼叫他王二而不稱呼他不伯伯、王叔叔，我也不清楚。他好像沒有家，也沒有結過婚。至於「驢打滾兒王二」這個名字，是我在寫這篇文章時候故意加上的，但沒有一點不尊敬他的意思，而是用非常眞誠的心，寫了這篇懷念他的文章，是思念也是一種感謝，謝謝他給了我那兩本兒童讀物。

13.

栗子

跟陌生人頭次碰面，總會問到「府上是那兒呀？」或是「您的老家是……」的話題。

「良鄉！」我都是這樣直截了當的回答。

「啊！好！好！良鄉的栗子有名！良鄉栗子好吃！」

對方不管有沒有到過良鄉，知道不知道良鄉在那兒，全會異口同聲這麼說。每次聽了別人對故鄉的讚美，都會飄飄然，對自己有一個沒有人不知道的故鄉而感到驕傲。

我第一次獨自遠離故鄉，心裡雖然很高興看看那些只有在圖畫裡才見過的大火輪船，跟那繁華的十里洋場的上海。等到眞的要離開家了，心裡還是很難過，坐在火車上，從車窗遠遠望著我家院子裡的那棵香椿樹，眼淚撲簌簌的往下流。火車到了北平，再到天津，從天津坐大火輪船到上海，路過的地方，到處看到賣栗子的，都掛著「良鄉糖炒栗子」的牌子。那時候年紀小，又是第一次離家，一看見賣良鄉栗子的招牌，心裡就想起了家。

時間久了，早把對故鄉的懷念沖淡了，只有又香又甜的栗子，永遠讓我忘不了。有一次，我路過日本，看見東京銀座附近，也有掛著賣「良鄉糖炒栗子」的招牌，心裡好不高興，忙著把行李往旅館裡一扔，懷著一顆去找老鄉親的心情，買了一包日本的「良鄉栗子」。

這一天晚上，我的晚飯就是這一包栗子。我邊吃邊想，這眞是家鄉產的栗子，還是日本出產的呢？後來我留下來幾顆放在口袋裡，在美國二年，幾顆栗子一直放在桌子上當「擺設」，還是快要回台灣的時候，才把它送給對著我窗口大樹上的幾隻小松鼠吃了。

過去西門町賣栗子的，也有掛著「良鄉栗子」招牌的，當然是「假良鄉栗子」，不要吃，只要聞聞炒栗子散發出來的味道，就知道技術不夠。看到賣栗子的，不管我買不買，每次總要在炒栗子攤前一站，孩子嫌我站得太久，每次都惹他們不高興。兩個人四隻小手一用力，就把我拉走。

「看！看！炒栗子喲！」我像給他們介紹叔叔伯伯一樣說。

「爸——走嘛！」兩個孩子看我不動，他們很不耐煩的喊了起來。

我想告訴他們栗子是故鄉的特產。讓他們嚐嚐良鄉栗子，特地買了一百塊錢的，讓他們也知道，故鄉就是因爲這小小的栗子才出名。結果兩個孩子很讓我失望。

「爸，我不吃了！」我看女兒吃完了一個，想再給她一個，結果她搖著頭，再也不肯吃第二個。

「好吃吧？」我說。

「難吃死了！」

「爸，給你吃吧！」小兒子像小老鼠啃了一點兒，把剩下的還給我。

「好吃吧？」我又問小兒子。

「不——好吃！」

我的一番好意，換來的只是「不好吃」和「難吃死了」，心裡感到很不是滋味兒。但是我還是不死心，把買了三十公克才吃兩顆的栗子包好，拿回家再給他們吃，結果到了家，兩個人連碰也不碰一下。我自己剝開一個嚐嚐；味道不甜不香，似乎還帶有一股酸味兒。

「你吃好了！」我笑著把一包栗子交給太太。當然我再也沒有告訴孩子們

栗子

栗子是故鄉的特產的心情了。

　　良鄉栗子又小又甜，它雖然到處出鋒頭，可是良鄉本地並不出產栗子，因爲附近各地產的栗子都集中在這裡，再加上炒的技術好才出名的。小學的時候，每年到秋天，老師帶我們去遠足，主要是去逛一年一次的良鄉廟會。離廟會還很遠的地方，一陣一陣的秋風，就會把一股炒焦了栗子的香味，送到鼻子眼兒裡。

　　廟會很熱鬧，有唱戲的、耍猴兒的、說大鼓書的、跑馬戲的，但最吸引我們的，還是那些賣大串山裡紅跟賣糖炒栗子的。

廟會的路旁，都是炒栗子的大鐵鍋，把鐵砂跟栗子拌在一起，放在鍋裡炒。一個人站在凳子上，不停的用力攪拌著，大鐵鏟子碰著鐵砂子，發出有節奏的嘩嘩的聲音，伴著迸出來的栗香撲人而來。鍋裡的栗子圓圓鼓鼓，聞到炒焦的香味兒，不得不讓人垂涎。回家的時候，每個人的小口袋裡，都裝滿了栗子和山裡紅。在秋陽藍天下的北國原野裡，充滿了我們的歡樂聲。這是我童年時代最快樂的日子。

我對栗子特別偏愛，不僅僅是它好吃，另外還有一個原因，就是在抗戰開始的那年，全家逃難到山裡去，等到平靜下來，回到小鎮上，所有做買賣的都歇業。鐵路和公路，整天整夜都是往南運送日本兵的軍車，左右鄰居有不少人，到火車站或是路旁，提著籃子臨時做起賣柿子、栗子的小生意。母親也給我們湊了一點本錢，我跟哥哥也去賣。那時候很小，但跟著哥哥提著小籃子，大喊「糖炒栗子」的聲音並不小。我們做生意的結果，是自己吃的比賣的多，結果把本錢也賠光了。生意雖然沒有做幾天，但是從此栗子卻留給我很深厚的感情，我還給它起個名字叫「懷鄉果」。我對栗子的這份情感，孩子們又怎麼會體會得到呢？想想「強迫」孩子也跟著我一樣，硬要他們跟栗子也發生感情，眞是有點不合情理。

中國和世界各地方，產栗子的地方很多，但惟獨良鄉的栗子這麼出名，有些朋友問我，我也說不出個眞正理由來。相傳在唐朝的時候，北方的栗子就很有名，有的書上記載著：「燕京市肆及秋則以煬拌雜石子爆之，栗比南中差小，而味頗甘，以御栗名，正不以大爲貴也。」可見北方的栗子早有盛名。至於到處賣栗子的人爲什麼要加上「良鄉」呢？我好多年前也看過一段記載：據說良鄉栗子的出名，是靠了宋代大詩人范成大的一首詩而名滿天下的。

范成大在宋朝時做過副宰相。他到良鄉縣時，縣官招待他，把當地最好的土產山梨、棗子和栗子給他吃。范成大雖然是個官兒，還是脫不了文人的薄臉皮兒，不好意思白吃，於是秀才人情紙一張，當場吟哦了一首讚美良鄉栗子的詩。

近來又看見西門町賣栗子的，小小的「懷鄉果」又引起了我的「栗子考證癮」，想要追根兒問柢兒，跑到圖書館裡，把范成大的《石湖集》，從頭到尾翻了一下，果然找到了他那首讓良鄉栗子出名的詩。他的詩是這樣寫的：

新寒凍指似排籤，
村酒雖酸未可嫌；
紫爛山梨紅皺棗，
總輸易栗十分甜。

范成大在這詩的下還還註有：「易栗小而甘。」易州從前大概包括了現在的涿州跟良鄉縣等地。他這首詩是不是眞有那麼大的力量，能讓小小的栗子到處出名，不必管他，總之文人的筆有時確實是很厲害，加上他當時位居要津，就是良鄉栗子不好吃，也會有一大批的人跟著他大喊：「良鄉栗子眞香眞好吃！」

按照道理說，有人問我是那兒人，我的正確答案應該是「良鄉縣琉璃河鎮」才對，有時候怕麻煩，如果說「琉璃河」，別人一定會再追問一句：「琉璃河是屬於哪一省呀？靠近哪兒呀？」這樣每次都要解說半天，確實也有些膩煩。另外還有一層正常心理上的因素，就是「良鄉」比「琉璃河」有名氣。

在《石湖集》范成的詩裡，我另外也有一個大發現：就是其中有一首詩，是跟我眞的家鄉琉璃河有關的詩。這首詩是：

煙林葱蒨帶回塘，
橋眼驚人失夢鄉；
健起褰帷揩病眼，
琉璃河上看鴛鴦。

范成大在這首詩下還註有說明：「琉璃河，原爲劉李河，從胡語六里河而來。」這眞是天大的發現，因爲這是我頭一次看到有關故鄉名稱歷史的記載。這首詩可能是他奉命使金時，路過琉璃河作的吧？

我眞的家鄉四周都是河，東、南、北三面，各有石橋一座，北大橋最長，有十幾個弧形的大橋洞，他詩中所指的「橋眼」，想必就是指北大橋的橋洞而言。這座大橋在明朝的時候曾經重修過。沿河兩岸全是垂楊柳，是童年時跟小夥伴兒們遊玩的好去處。後來日本鬼子來了，所有的大柳樹，都給砍光了頭，實在可恨。

七八百年前的范成大，在詩中又加註說：「鴛鴦千百成群」，由此可見幾百年前，我的故鄉一定很美，不然不會讓詩人銳利的眼看中了，而引起他的詩興。不過七八百年後，河裡早已經沒有一隻鴛鴦，只有成群的野鴨子。不然的話，我們現在只有在動物園裡才能看得見的鴛鴦，如果一直沒有戰亂，人們也不去破壞天然環境，說不定現在有人問我：「府上那裡，我會立刻回答：『琉璃河。』」

「啊！好！好！琉璃河的鴛鴦，漂亮！漂亮！」

不過人是很奇怪的動物，總是喜歡跟有名氣的人事搭上一點兒小關係，好表示自己的不平凡。故鄉的鴛鴦雖然也有過「千百成群」盛況歷史的紀錄，但是牠沒有跟著范成大的詩成名，不像栗子，一提「良鄉」，人人知道。

想當年地方官，可能不會做官，要不就是「野生動物的保護者」，捨不得把活生生美麗的鴛鴦抓兩隻送給人，要不然不是也會跟「良鄉栗子」一樣成名了嗎？可能現在到處賣鴛鴦的，也都要掛著「琉璃河鴛鴦」的招牌了。琉璃河的地方官太傻，白白失去了讓故鄉成名的好機會。現在不要說別人，就是我土生土長在那兒的人，如果沒有看到《石湖集》中的那首詩，連我也不會知道，當然別人更別提了。所以如果現在有人還要問我：「府上那裡？」我想還是說「良鄉」算了，又簡單，又能沾出名的光彩，多好！

14.

兩個年

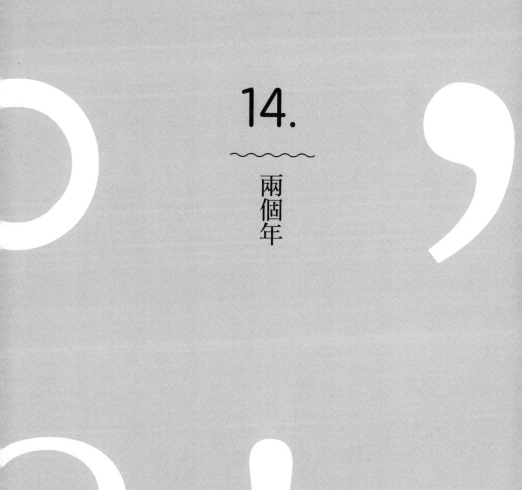

小時候，我很喜歡很喜歡過年，每當進入臘月，對年帶來的氣味兒最敏感。學校裡老師說大考快到了，那一天開始要放寒假，心裡就進入了緊張過年的狀態，從遠道同學帶的中午吃的乾糧，聞到年糕的味道，曉得誰家已經開始蒸了年糕，做了臘肉。下學的時候，沿途會注意到每家的大門口，那家粉刷了，那家店鋪擺出了好多的年貨啦。凡是跟年有關的事，我都不會輕易的放過。看別人家貼春聯、掛天燈、殺豬、碾米。像是個小情報販子，把小鎮上每個角落過年的消息，都會很快的告訴給母親、姊姊和哥哥。在報告消息時，同時也在臉上掛著一絲對母親過年的事準備得太慢，表示一些不高興的樣子。

這時提到過年好像精神特別好，平常懶得替母親做的事，現在只要貼得上邊兒的，都會毫不猶疑的搶著去做。母親每年過年，在我們幾個急著要過年的人催促下，灌香腸、做臘肉、蒸年糕，總是給她累得筋疲力盡，到了大年夜吃年夜飯的時候，她把最拿手的菜端上飯桌，她就像打敗仗的兵士，靠住炕角躺下來。

到了臘八兒，孩子們過年的心更急了，恨不得馬上下「命令」，讓媽媽把所有的年貨搬回來，所有要吃的全都做好。尤其是跟自己過年有關的事，買雙新回力牌的球鞋，或是一頂很帥的航空皮帽兒，如果一直沒有一點動靜，自己會偷偷跑到一旁去哭，去生氣。現在想想，實在非常好笑。

農業社會裡過年，的確很富有趣味，很有人情味兒，就連討債來說都很有意思。當過了臘月初八兒，要債的人一手拿著帳摺子，一手拿著一根小棍子（棍子是用來打狗的），向欠債的人很客氣的討債，樣子像是「久逢知己」好久沒見面一樣，總是先閒說家常一番，然後才會提到欠錢的問題上去。有時候一筆債討好幾次還要不到，那是非常平常的事。商人討債從臘八兒起，一直要討到大年夜，到三十晚上是討債人的高潮，成群的討債人，手裡提著小紅燈籠，出出進進，像螢火蟲，後面總是跟著一群愛看熱鬧的小孩子。實在還不出錢來的人，到了除夕，只好躲藏起來，直到全家要吃年夜飯了才回來，因為到吃年夜飯的時候，欠人家多少錢，債主也不會再來討了，一切都要等到明年再說。所以俗語有一句話說：「要了命的臘八粥，救了命的餃子。」

童年時候過年有趣，但對我來說，也有最頭痛的事，就是拜年。我到外

婆家去拜年，更覺得可怕，但是又不能不去，而且去晚了也不行，會挨罵。在王家營外婆家是個大家族，全村子都是他們姓王的人，東一家西一家，有數不清的舅舅和舅媽，拜到最後，都是一進門就跪，舅舅舅媽又多，幾舅媽也搞不清，口裡只好像唸經一樣，把幾舅媽幾舅舅故意唸得很不清楚，而把舅舅舅媽的聲音叫特別提高，表示我知道他是第幾號舅舅和舅媽，所以到現在外婆的大家族中，到底有多少舅媽、表嫂、表舅，我還是弄不清楚。

現在年紀大了，隨著年齡，對過年的興趣也越來越淡了，不過有兩次過年給我留下的印象最深，最讓我難忘，因爲兩個年不但帶來了「家變」，也帶來了「國變」，給全中國老百姓帶來巨大的災難。

第一個我難忘的年，是我四歲的那年。小鎭上的年景特別熱鬧，天下著鵝毛白雪，街頭擠滿了過年的人，家家戶戶張燈結綵，搭彩色的牌樓，眞是瑞雪豐年，處處充滿了喜氣洋洋。我像童話中的小王子，站在炕上，從大玻璃窗子往外看，院子裡擺了成筐的炮竹，一直放個不停。這是民國二十六年的春節，在小鎭上來說，正過著太平年，也是我童年裡過得最好最熱鬧的一次年。但是誰會想到，在這歡樂的日子裡，卻已到處籠罩著國家不幸的災難呢！

這一年真是應驗了「瑞雪豐年」的預兆，秋天的收成是多少年少有的現象，田裡的一切莊稼都是大豐收，金黃色的玉米，銀白的棉花桃，在秋陽照耀下，田野到處是金黃銀白。但在北國的藍天上，不時會出現一兩隻鐵鳥，盤旋飛翔，像覓食的老鷹，秋陽把可怕的影子投到北國的大地上。農人照樣忙著收割他們的莊稼，只是偶爾站起來擦擦汗水，好奇而陌生的瞧瞧藍天上的大鳥。

記得好像是陽曆八月二十六，快過中秋節了，小鎮上顯得跟往常不一樣，人人面孔上掛著一絲嚴肅而緊張的面容，人也比往常多好幾倍，但又不像是買過節東西的樣子。這天我記得特別清楚，我正在炕角上，把鋸木頭鋸下來的小木塊當「積木」玩，一長一短搭成十字形，把它當成飛機，嗡嗡的飛著，假裝俯衝下來，把一堆用木塊堆成的房子炸倒。就在這時候，真的一聲巨響，把窗子上的大玻璃給震壞了，我大哭大喊的跑到母親的懷裡。

這一天的下午，左鄰右舍，都開始作逃難的計劃了。我們也在父親跟母親說過：「走吧！」之後，開始跟著人潮向南邊的方向走去。母親把家裡所有能吃的東西，全部撒在院子裡，因為我們走了，家裡還有兩隻大肥豬，十幾隻老母雞，母親怕我們走了牠們挨餓。其中一隻每天都下蛋的老母雞，母親實在捨不得，便把牠放在籃子裡給我提，這隻會下蛋的老母雞，就是在我們逃難的時候，還是每天下一個蛋！

北國的八月秋風到了夜晚更涼，明亮的秋月散發著冷冷的青光，一條長龍似的黑影，在北國原野中蠕動著，受了傷的將士們，口裡不斷喊著爺娘的聲音，嚇得我緊緊拉著母親的衣角，不停的跟著跑。

「媽，我走不動了！」

「快！快！日本鬼子來了！」每次我喊累，母親就這麼說。我聽了這句話，腳上像上了發條一樣，又很有力氣的走起來。我們逃到發現老祖宗北京人的山裡，住了很久才敢「還鄉」。可是小鎮上已掛滿了日本旗子，小鎮上的人們再也看不到往日過年熱鬧的景象了。

十一年後，我又過我第二個難忘的年。

三十七年底，我剛從北方逃到上海，那時候的上海街頭已經呈現著一片慌亂，一群一群穿著灰色軍服的國軍，不時從街頭匆忙的走過。人們的臉上呈現著不安。我從碼頭下了船，因爲沒有看見大哥來接我，便走出碼頭搭車到了江灣，再沿著江灣陌生的馬路，邊走邊問，找尋大哥的住址。因爲坐了三天船，沒有吃什麼東西，肚子開始有些餓了，從小包袱裡拿出在天津上船時買的饅頭，又硬又乾，一邊走一邊啃，香脆覺得非常香。等我找了大哥家，天已經很黑了！

到了上海不久，北平天津都淪陷了。到了三十八年元旦，大哥工作的機關準備要遷到台灣，但是他最後一批才能撤走。除夕的晚上，大哥躺在床上，屋子裡的燈光很暗，他把收音機關掉，聲音有些顫抖著說：「你願不願意跟××先到台灣去？」

「好嘛！」我很了解大哥當時的心情。

屋子有一股沉靜得讓人喘不出氣來的感覺。沉默了很久，大哥側過去身子，面向牆壁哭了。想想他當時的內心感觸一定很複雜吧！好不容易才勝利團圓，卻又要分離了。

「路是人走出來的！」大哥裝成很鎮靜的對我說。

「沒有關係，我跟××先去好了，在圖書館裡工作不是一樣可以看書。」我很有信心的安慰大哥。

就這樣，過了元月三號，我穿上了比短大衣還要長的舊灰軍裝，因爲年紀小，只好頂用了別人的名字，當了一名衛生兵。不久，帶著大哥給我的話：「路是人走出來的！」隨著軍隊來到台灣。但是最後大哥卻無法逃出來。

幾十年來，年帶給我的不再是要不到新衣新帽的哭泣，而是一縷縷淡淡的哀愁，每當我聽到爆竹聲響，這兩個令我難忘的年景，都會一幕一幕從眼前閃過。每當我想到兩個年中的主角，我的母親和大哥時，我絕無法不讓我的眼淚往下流，因爲他們都也已在我不知道的何年？何月？何日？離開了這多災多難的國土啊！

15.

三個夢

睡覺作夢是很有趣而神祕的事。我作過許多奇奇怪怪的夢。小時候的夢，有些是可以告訴人的，有些是不好意思跟人說，有的說出來會臉紅，像作夢夢到漲大水，急醒了才發現尿了小便。從小到現在，我有三個可以告訴人的。

第一個是帽子的夢。

北方冬天很冷，在五十多年前，朋友最羨慕的，就是頭上戴著一頂航空帽。那是當時航空駕駛員戴的一種式樣的帽子。在學校中誰要戴有這種帽子，誰就最神氣。我的家境並不好，母親不可能給我買的，所以只好作夢。像那飛行員一樣，戴著航空帽駕著飛機滿天飛。因爲是作夢，身體滾來滾去，常常因爲頭撞到牆碰痛了，才從甜甜的夢中醒來。

小學畢業後，有的同學考入空軍幼校，有的去當傘兵，我卻因爲眼睛近視度數太深，根本就不夠資格去考。於是飛上天空的夢，永遠變成了不能實現的夢。

第二個是生日夢。

在北方鄉下，一般人家很少給小孩子過生日，當然連蛋糕是什麼樣子也不知道。所以也常夢到像有錢人家的孩子做生日的事。不知道爲了什麼，有一次母親突然想起給我過生日——煮一碗麵條兒。可是當天我並不知道，我跟小夥伴到村外的關帝廟去玩，大概玩得太開心了，竟忘了回家吃飯的事。等回家後，不但沒有吃母親給我做的「壽」麵，而且狠狠的被母親打了一頓。

從這次以後，我很少再夢到過生日的事。現在幾十年過去了，我自己有足夠的能力給自己過一個快樂的生日，但從過生日挨打的那一次到現在，我沒有過過一次生日。因爲生日那天，是母親生我們的時候，是母親受苦的時候，做子女的怎麼還要過生日呢！

前幾天我的生日剛過去，我像過去每年一樣，對自己的太太和孩子，絕對不作任何暗示讓他們知道我要過生日了。如果有人問我這樣過生日的感覺，我會說夢中的生日是快樂的，過眞的生日是感恩的。所以過生日我不大吃大喝，也不買蛋糕，我只在心中默默的說：「母親，我謝謝您！」

第三個夢是讀書夢。

我再說一次，我的家境的確很苦。當我小學畢業的時候，正是抗戰勝利日本投降那一年，很多同學到北平讀中學。看見他們穿著中學制服回家，心裡眞是羨慕極了。可是我因爲家境不好，家裡沒有錢供我讀中學。我只有在夢中作夢讀中學。後來，不僅晚上作夢，連白天也開始作起白日夢，我要讀書！

那時候北方漸漸亂了。我下定決心要讓讀書的白日夢成爲事實，我離開了家鄉。我拎著一個小包袱，從遙遠的北方坐車，乘船到了上海。因爲當時我的大哥在上海做事，他有能力供我讀書。

可是很不幸，我剛到了上海不久，上海也亂起來了。我穿上了又肥又大的軍衣當了一名小兵兒，從此踏入一個完全陌生的生活環境。不久，我隨著軍隊到了台灣。在這種情形下，要讀書是相當困難的事，但是我的讀書夢還沒有醒過來。我想我絕不放棄這個讀書的白日夢。

三十八年是中國人最苦難的時候，遠離家鄉和親人的我，不能再依靠誰了，只有自立依靠自己了。我有空就自修，不懂的就請教人。後來，我順利的進了夜校；從初中、高中到大學，就這樣白天工作，晚上讀夜校，完成了我的讀書夢。

從小到老，三個不同的夢，給我留下不少的回憶，也留給我很大的啓示，就是人要作夢，不論是夜裡的夢還是白日夢，有些夢不是不能成爲事實的，就像現在大家常掛在嘴邊上的那句：「我的未來不是夢！」要將夢想成爲事實，那只有一條路，就是努力奮鬥！

16.

我當小兵那年

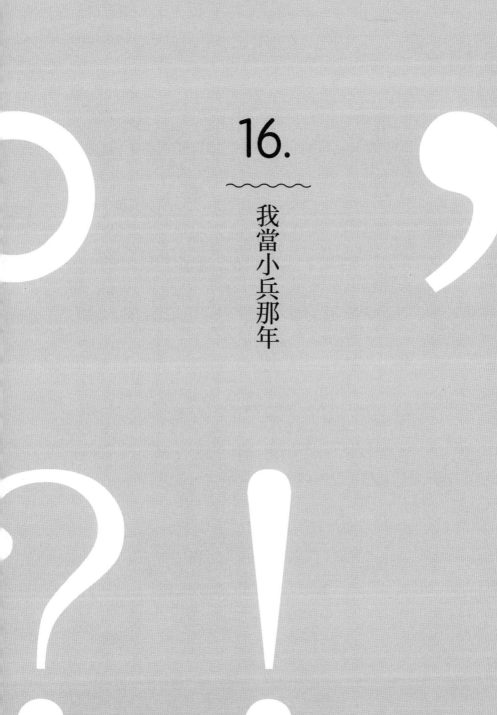

一九四九年，那是中國最慌亂的時候。

灰灰的天，灰灰的大馬路，還有成群結隊穿著灰色軍裝的軍人，一切都是灰色兒的，平常很熱鬧的上海街上，變得冷清，灰暗。走路的人也好像都很緊張的樣子，顯得很驚慌不安。我跟著軍隊到了台灣。

我小跑步跟著大高個子邵班長跑，他個子大，腿又長，他走一步比我的兩步還大，雖然累得有點兒氣喘，但是還要使著勁兒的跟著他走。他不斷回過頭看看我，好像還嫌我走得慢似的。每次他一回頭看我，我就加緊跟上去。不知走了多久，我們好不容易才走到一幢灰色的木造房子門前邊，門口掛著一塊「××大隊部辦公室」的木牌子。

「站在這兒不要動！」邵班長低著頭跟我說。

我看他那樣子好可怕，忙著把頭低下來，點了點頭。突然聽到邵班長的大皮鞋「卡達」一聲，又用大聲喊了一聲：「報告！」嚇了我一大跳。

「報告！」邵班長站在門口大聲喊。

「進來！」辦公室裡有人回答。

「來！」邵班長拉了我一把，帶我進了大隊部辦公室。

我們進了辦公室，邵班長恭恭敬敬地向隊長敬了一個禮說：「報告隊長，他人來了。」

隊長看了看我，然後哼了一聲：「邵班長，就先讓他頂你班上張德才的名字好了。」

「是！」邵班長立正站著回答。

「先帶他到被服科去領一套軍裝去。」隊長說。

「是！」邵班長又向大隊長恭敬地行個禮，我也向他鞠了一個躬，隨著就退了出來。跟著邵班長到管發軍裝的「被服科」去領軍裝。我們一邊走他一邊囑咐我。

「從今天起，你是我班上的人，一切要遵守軍紀啊！」

「嗯！」我的聲音很小，他可能根本沒聽見。

「還有，你太小了，你才十六歲，還沒有當兵的資格，現在很亂，也沒有缺，所以你現在是頂替別人的名字。」

頂別人名字是什麼意思，我聽不懂，我心裡正在琢磨這話是什麼意思，邵班長又繼續說：「你以後要叫張德才，不能再叫你原來的名字了。」

「我爲什麼不能姓馬呢？爲什麼不能再用自己的名字呢？」我有些不情願的說。

「噯！我不是剛跟你說了嗎？你是頂別人的名字，因爲你還不夠資格當兵！」邵班長好像不耐煩了。

「那我叫什麼呢？」我又追問。

「張德才呀！你頂的是張德才的名字，所以點名發餉都要用張德才的名字。」邵班長說。

「那我是什麼兵啊？」

「什麼兵？你還不錯呢！這次你頂的是衛生下士的缺。將來有了正式的缺，有機會再把你的眞名字改過來。」

「我又不是醫生，也不懂衛生，怎麼能當衛生下士呢？」我疑惑地問。

「好了，你不要管了，衛生下士就是衛生下士，以後只要記著，你姓張，叫張德才就行了。」邵班長好像不喜歡我再問了。

我們走了不久，就到了被服科，倉庫裡全是軍衣軍帽和黑膠鞋。邵班長先幫我挑了好久，都找不到一件合身的軍裝。管發被服的人，看我們翻了好半天還找不出一件衣服，就很不耐煩地、狠狠地看了我一眼，順手隨便拿起了一套軍裝丟給我。

「好了，好了，這套差不多了。這麼小矮個兒，上哪兒去找合適的軍裝？找到明年也找不著，除非替他定做！」管被服的人說。

邵班長幫我比了比，也好像無可奈何的樣子說：「穿上試試看。」

我把那套已經有人穿過的舊軍裝穿在身上，上身像一件短大衣，已經垂到了我的膝蓋，袖口整個把我的手遮蓋起來，褲子是又肥又大的褲襠，戴上那頂帽子，看起來像一個小蘑菇。

那個管軍服的人早就到裡面去不理我們了。邵班長似笑非笑地樣子看看我，把一個寫著「張德才」而且很髒的符號替我掛在衣服上。

從穿上那件已經舊了，又肥又大的軍裝那天起，我正式當了小兵，我改了名字叫張德才。

起初，我最怕聽到吹起床號，因爲每次我總是最慢的一個，更可怕的是那種長長的，綁在腿上的寬布條，軍隊裡管它叫綁腿，我總是綁不好，又怕遲到，最後總是隨便繞一下，綁成一團。等我出去的時候，人家的隊伍早就排好了。

「快點兒！張德才！每天都是你最慢！」邵班長說。

我的個子小，所以總是站在排尾，邵班長這時候嘴裡總是像唸經一樣，好像在說些什麼話，走到隊尾，替我整理一下軍裝。

「你看，帽子也不戴正！」邵班長替我扶正了說。

其實眞冤枉，帽子那麼大，我的頭那麼小，一走一跑就會歪的呀！

邵班長突然把手伸進我的腰帶裡，又硬又大的大拳頭，正好卡在我的肚臍眼兒上，然後用力一拉說：「你看，皮帶這麼鬆，快繫緊了！」

我揉揉還沒有睡醒的眼睛，趕緊把皮帶拉緊，這時候邵班長又看看我繞成一團的綁腿，搖了搖頭說：「解散後到我這裡來。」

邵班長喊完稍息立正，向大隊長報告人數後，隊長開始點名。一個一個點著。

「張德才！」

「……」

「張德才！」隊長又喊了一次。

「邵班長，張德才呢？」隊長問邵班長。

「隊長點你的名字，你怎麼不答應啊！」邵班長從前面走到我的背後拉了一下說。

「張德才！」隊長又喊了一聲。

「有——」

「叫了那麼半天還不答應，點名還不專心聽！」隊長說完了，又接著點下去。

全隊的人都扭過頭來看我，有的說張德才怎麼變成小孩了？只聽到有人輕輕地說：「是個頂名兒的。」

立重貴
張德才

我雖然很不習慣叫張德才，可是人家叫起來很順嘴。起初的時候，別人叫我，我總以爲在叫別人，總是愣一愣才答應。沒有過多久，我已經漸漸習慣了我的新名字，可是我又改名叫做「丘重貴」了。

「張德才，隊長要你換一個。」有一天邵班長又給我一個新符號說。符號上的名字是「丘重貴，文書下士」。我看看邵班長說：「我不是已經叫張德才了嗎？爲什麼又……。」

「你會不會寫字？」邵班長問。

「會！」我點點頭，「我小學才畢業。」

「是啊，隊長想把你調到隊部去，幫忙去抄寫公文造餉冊子。這比當衛生下士好。」邵班長補充說。

從那天起，我又有了新名字，於是我又改叫「丘重貴」。但是有人知道我換了名字，就叫我新名字，不知道的還是叫我「張德才」。「丘重貴」、「張德才」再加上我自己的眞名字，我一共有了三個不同的名字。

剛剛開始的那一段日子眞難過，很想念遠在北方的家鄉。我跟著我們部隊，在民國三十八年來到了台灣。我在軍隊中的大家庭中長大，隊長像家長一樣照顧我，鼓勵我唸夜校、初中、高中，這樣完成了學業。困苦給我力量，失敗給我信心，努力奮鬥使我堅強的站了起來。如今想起多少年前的往事，我仍然懷念著大高個子邵班長，也懷念那些叫我「丘重貴」和「張德才」的好朋友們！

17.

友情的支票

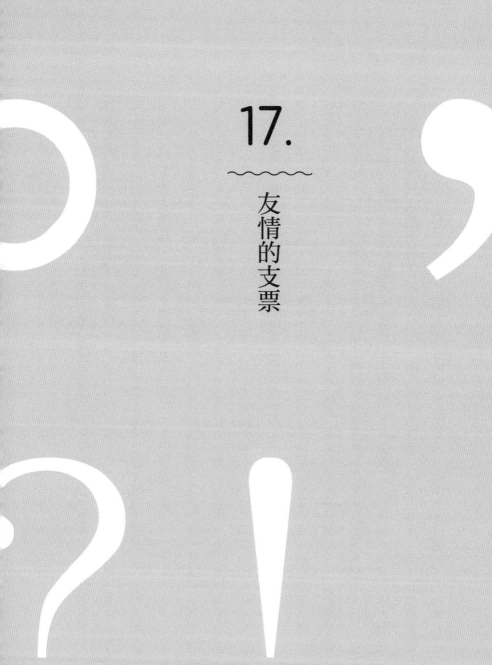

四十年前，那時候人們的生活還相當窮困。我在軍中當中士二級衛生士，月薪是五十七元。這時候我收到一生中的第一張支票，面額是九百五十元。我從來沒有見過支票，上面雖然寫的是那麼多錢，但我總覺得好像並不值那麼多。不過不管怎麼說，那張支票幫了我的大忙，也改變了我的一生。

現在那張支票的事，時時清晰的記在我的腦海裡。我常常想，當時如果沒有那張支票，以我的環境和收入，幾乎不可能有升學的機會，也不可能離開軍隊生活，當然更不可能有以後進修和工作上的發展。

那時候當兵管得很嚴，晚上偷偷到夜校上學，先要脫掉軍裝換了便服，再爬過牆頭跑出營區。高中畢業後，由於自己的底子太差，考大學年年落第，當同班同學都唸大三了，我才勉強考上一所學費很貴的專科學校。一學期要繳九百五十元，在一般家中也不是個小數目，我要繳那麼多的錢相當吃力。

幸好在夜校有個好朋友，也是半工半讀，白天在一個貿易公司工作，跟我一樣一個人在台灣，收入相當不錯，很節儉會儲蓄，常把五兩一塊的黃金和美金交給我保管。想想看，一個人竟敢把很多錢交給一個收入微薄的小兵兒，也可以了解我們彼此之間的信賴了。

我收到錄取通知後並沒有想去讀。我淡淡的對他說：「我考取了。」他一看那所貴族學校的繳費單，沒有說一句話，輕輕拉開抽屜，取出支票簿，開了一張九百五十元的支票給我。

我有了支票並不敢去註冊，因爲我一直在想，我怎麼還他的錢？我知道他不會要我還，可是心裡總是覺得不安。一直拖到截止註冊的那天，我手裡攥住那張支票，在銀行門口轉了好久，一直沒有勇氣進去。

銀行關門了，我心情很矛盾，又想讀書又怕還不起錢。我拿著支票跑到學校，當時我想，如果學校不收支票，我有正當的理由把錢還回去；如果收了我就讀。

我顫抖著手問那位收費的先生：「支票行嗎？」他連頭也沒抬，帶著上海的口音說：「好咯！」就這樣我辦完了入學手續。當我走出校門時，汗水和淚水使我眼前一片迷濛。

後來，還是爲了經濟能力不夠，讀了一半就休學了。但從此改變了我的工作環境，使我有更多自修的機會，在半工半讀中完成學業，要不是那張支票，相信絕對不會有今天的我吧！

我一生中的第一張支票，那是永遠無法用金錢還得完的友情支票。它讓我了解到，什麼是「幫助需要幫助的人」的意思，懂得什麼是眞正的友情。

18.

照相記

「頭抬一抬，」攝影師說，「好，再低一點點，不要動了。」

我爲了要拍一張大學畢業證書上的照片，被攝影師把頭扒拉來扒拉去，搞了好半天，才聽他說了一聲：「好，笑一笑！」

聽到攝影師說「笑一笑」的一剎那，我的心像被雷擊的一樣，心中有說不出來的一種感覺，我想大哭一場，因爲這張照片得來太不容易了。

四十多年前，我才小學畢業不久，因爲戰亂離開家鄉。那時我十六歲，爲了躲避戰火，當了一個小兵，中間幾經波折，換過好幾個姓名，才穿上一身不合身的軍服，然後隨著軍隊到了台灣。

那時雖然不算是扛槍打仗的兵，但每天都要操練、做工。因爲是頭一次離家，軍中的生活很不習慣，連吃飯都搶不過別人。發薪水那天，第一件大事是先買一瓶鮮大王醬油，吃飯時澆飯吃，因爲菜太少，也搶不過人。

生活的艱苦，常常讓我偷流淚。這時我會想起小時候母親跟我說的話：「人的眼淚要往肚子流，牙齒要長在肚子裡咬牙立志，不是用來吃飯的。」在焦急的心情下，我立定志向：我要讀書。

那時候，局勢還不太穩定，軍隊管得挺嚴，外出要佩外出證，不然憲兵抓到要記過。每天只好空閒時看書。兩年後，我以同等學歷讀上建中的夜校初中部三年級，後來又讀高中。每天晚上為了躲開憲兵的檢查，先要偷偷爬牆出營，急忙換上便服，再匆匆忙趕到學校上課。下學後到軍營外再脫掉便服換上軍服。

中學比人少讀兩年，在基礎上很難和人相比，所以到高中時的成績只能勉強過關。程度差，幾次大學考試都是名落孫山，當我考上大學夜間部時，高中時的同學有的早就大學畢業了。

當讀到高二下學期時，隊長知道我「不法的行為」，立刻要我停止再到夜校唸書。

「讓我讀完這學期好嗎？」我眼淚往肚子裡流，表面上仍然裝出祈求憐憫的笑容。

「不成！」

「讀完這學期，可以拿到高二的證明，將來可以用同等學歷考大學。不然……」

「那有什麼用！不成就是不成！」

隊長可能也有他的壓力，不得不對我那麼嚴苛，不過事後他並沒有追究。我在偷偷摸摸的狀況下，總算完成了最後一年的高中學業。

爲了求學，我走了彎彎曲曲的路，比別人多花了好多時間，在這一段艱苦的漫長路上，我半工半讀，我學會了認識自己。

在圖書館的工作中，整天爲人服務也激勵了自己，給我最珍貴啓示：路是人走的。你服務別人就是服務自己。而且人生的道路不一定是平平坦坦就好，逆境不一定是壞的，因爲惡劣的環境，正是一股叫人勇敢向前的原動力。

回想過去，從十幾歲到已經進入老年的我，那不平坦的路正是人生最快樂的旅程，那逆境正是我今天豐收的種子。那照相師說的一聲「笑一笑」，是我一生中最快樂最難忘的笑顏。

19.

哭雪

「白白的雪，亮亮的雪。」

每當我看到阿爾文・崔塞特（Alvin Tresselt）這本圖畫故事書的時候，腦子裡就浮現出大雪紛飛的銀白世界景色。讀到「小雪花兒越下越急，黃土地也變白了。」這不就是北國故鄉大風雪的景色嗎？

自從離開北方，北國大風雪只有在夢中或是圖片上才看得見了。後來隨著歲月，雪離我越來越遠，最後連腦子裡那一丁點兒的景色也消失了。

普林斯敦大學是一所綠草如蔭，花木茂密，整個大學城就是一座美麗的大花園，學校附近有河水流過，更增添了校園的美。我很幸運能到這所有名的大學東方圖書館工作了兩年，而且終於讓我看到多年不見的「白白的雪」。

那天的雪眞大，我趴在窗前看著窗外一片一片的雪花，對著那「冬深柳條落，雪後桂枝殘」的景色，眼淚止不住的往下流，而且竟忘了那是上班的時候。

圖書館裡的工作很忙，有時候跟人說話，爲了怕主管看見「上班聊天兒」，又要表示有專業精神，手裡總是拿枝筆和卡片，表示正在工作中是「不

期而遇」，不是蹺班偷懶。館裡好心腸兒的吳太太，推著小書車，故意靠近窗口很小聲的問我：「你喜歡下雪嗎？」

白白的雪讓我到了忘我境界，也沒仔細聽她說話的意思，兩眼直瞪瞪望著窗外飛舞的雪花，連頭也沒回就說：「喜歡！」當她走開後，我才猛然想起來，這是上班的時候呀，人家忙著工作，我卻「怡然自得」的在賞雪，這實在有些不搭調，急忙去做我的事，可是心中一直想著窗外的白雪。

小時候喜歡塗鴉，最愛臨摹《芥子園畫譜》中的雪景，然後加上一個老漁翁，獨自在那裡釣魚，而且有模有樣的題寫上「獨釣寒江雪」的詩句。柳宗元的詩是什麼意思，那時候並不太懂，只覺得在那麼冷的天，在深山中一個人釣魚，是孤獨？是靜思？猜不透那老人垂釣的心境。不過想一想，這倒很像我喜歡安靜的個性。

在寒冷的北方，鄉下人都燒炕，尤其是在做飯的時候，掀開鍋台上的大鍋蓋子，冒出熱騰騰的熱氣兒。屋裡熱外面冷；玻璃窗上的玻璃立刻蒙上一層霧氣，而且很快結成一層薄薄的冰，有著各種幾何圖形的冰花，用手指戳冰花，看院子裡下雪的景致，在缺乏娛樂的寒冷冬天，這也是一種享受呢！

在風景如畫的普林斯敦大學工作兩年，讓我最難忘的是大雪紛飛的時候。每當下雪的日子，我都不會放棄那銀白世界的景色，獨自背著照相機，到附近校園、湖邊去撲捉雪景，至今那些照片仍然保存著，看看那些多少年前雪景照片，讓我想起那段哭雪的往事。

返鄉探親後，幾次都想看看那童年時候的雪景，都失望了。雪對生活在寒冷地方的孩子，像是迎接春天到來的喜悅，但對窮苦無衣無食的人來說，那日子是很痛苦難熬的。尤其在看到蒙古地震，那些在寒冬中的受難人們，自己覺得有些太自私了。我不想再看到那眞實的白雪，還是讓自己像個流浪者，到處漂泊去尋找心中的白雪，因爲心中的雪永遠融化不了童年心中的雪。

20.

懷念

碧潭吊橋太老了。

這座搖搖晃晃像搖籃的吊橋，曾經吸引過不少人到碧潭遊玩，經過六十多年歲月的老橋要拆掉了，難免對來過這裡的人留下一些懷念。爲了讓那些來過的人能重溫舊夢，看看那顫巍巍的吊橋最後一眼，在好可惜的聲中舉辦了「懷念碧潭」的活動。我家住在碧潭不遠，但是我沒有參加那盛典，因爲我願意讓那美好的記憶永遠留在心中。

那天，我問女兒一個奇怪的問題：「妳知道爸爸叫什麼名字嗎？」

「當然知道了。」

很顯然女兒覺得我問得太離譜了，哪有女兒不知道父親名字的呢？

我說：「我叫丘重貴，又叫張德才。」

正在看電視的女兒斜著看我一眼，不經意的說：「好奇怪啊！」

我的名字叫什麼跟拆掉碧潭吊橋實在扯不上關係，只是「懷念碧潭」的活動，讓我想起我的名字。

三十八年二月，一艘英國輪船「安達輪」號，從海的彼岸把我送到台灣。

那時候不懂什麼叫「天下大亂」，以爲搭船到台灣來玩挺不錯的，說不定過些日子又可以回家了。

上了基隆碼頭，搭火車到台北華山，沿途經過七堵八堵，開開停停，到了台北已經是天黑了。我們那一班十幾個人，他們都是眞名實姓，只有我是吃空缺頂名字叫「張德才」，官拜衛生下士。我們坐在大卡車上面，軍用卡車上裝得滿滿的，上面竟然還坐了十幾個人，在夜色蒼茫中從吊橋過去，那搖擺的滋味比輪船搖晃得還厲害，如果換成今天，別說坐卡車，就是慢慢走過去都有些怕怕的。這是碧潭吊橋給我的第一個難忘的印象。

當時我們駐在一所日本人留下來肺病療養院，叫「清風園」。空蕩蕩的園子裡，到了夜晚靜極了，除了蟲鳴就是山坡上一閃一閃的鬼火，而園子的一角就是太平間，晚上我從來不敢出去上廁所。

那時候的碧潭眞是名副其實的碧潭；清幽碧綠，的確很靜、很美。「碧潭泛舟」更是詩情畫意，平常日子遊人很少，所以我們划船時船家是不要錢的。我划船的技術不錯，就是那時候練出來的本事。園子外不遠有個小雜貨鋪，每當發餉的日子，老闆一看我來了，不等我說話就知道我要買花生糖和一瓶醬油。花生糖解饞，醬油是拌飯用的最佳作料，這也是我的最高消費額。用現代人眼光看，那日子可眞苦，不過在那個不安的時代裡卻是甜蜜蜜的享受。

在清風園的對面有個小山坡，那裡有個做木屐師傅，他人很好，免費送了我一雙木屐。他是不是因爲看我那麼小就當兵，看我可憐呢！我不知道。這是我的第一雙木屐，穿上踢哩躂啦，很清脆，有時候覺得很好玩，故意讓它發出大一點的聲音。

後來從新店搬到台北，但仍然常常搭小火車到碧潭去玩。那船家、雜貨店老闆和做木屐師傅，見了面時，有時雖然在語言溝通上有些困難，但經過比手畫腳和臉上微笑，也可以體會到對方的意思。

這些年來我一直居住在碧潭附近，那靜靜的碧潭，那綠綠的山坡，那蟲聲唧唧，甚至我最怕看到的鬼火，都隨著時代改變或消失了。現在我懷念的不只是那有形的吊橋，而是剛到台灣的時候和那船家、雜貨鋪老闆和製木屐師傅之間那無形的心中的橋。

21.

武林少年

看到電視上播放武打片我就轉台，不是說劇情不好，而是起心眼兒不想看，因爲當我年紀小的時候，曾經是個武俠小說迷，迷得連眼睛都看成了大近視。現在不想看武俠劇情的片子，可能是小時候得了「厭食症」吧！

讀小學的時候，學校是在一座關帝廟裡。廟並不大，進了小山門後，左右兩邊是教室，院子裡有兩座大烏龜馱石碑，在大殿前有兩棵松樹，進了學校就像進了少林寺。

大殿裡原來供奉了大肚彌勒佛，兩旁站立的是四大天王腳踩八大怪，狀極可怕。後來佛像搬到哪兒去了不知道，大殿變成學校的禮堂。過了禮堂是後院，兩旁是教室和教師辦公室，正方是主殿，從底下爬到上面，大約有三十多層台階，供奉的是關公，所以這座廟叫關帝廟。

在主殿兩旁有一間僧房，經年是空著的，偶爾有個胖胖的老和尙會回來住幾天。我們都叫他「花和尙」，因爲他每次回來都帶著一個高高胖胖的女人回來。小孩子們不懂事嘛，跟在背後比手畫腳，想要向老和尙討教討教，比比誰的武藝高。現在想起來眞是好笑又好玩。

學校裡有一百多個學生，六十多年前，在一個窮鄉僻壤的小地方，有這樣的學校算是挺不錯的了。那時候除了課本，沒有什麼讀物，大家最著迷的就是武俠小說，《三俠劍》、《七劍十三俠》、《三俠五義》、《兒女英雄傳》等。同學都有一個綽號，而且都是從武俠小說裡來的，像會武術的叫「黃天霸」，鼻子大大的叫「大鼻子歐陽德」，會游泳的叫「水耗子金棍兒」，總之武俠小說裡的風雲人物都在學校出現了。

學校旁是條河，到了夏天，下課只有十幾分鐘，也有人跳到水裡表演潛水扎猛子，看誰一口氣兒憋的時間長、潛水游得遠。有人學《水滸傳》裡的情節，把人家打魚的漁船偷偷划到蘆葦深處，體驗一下《水滸傳》人物在蘆花蕩中的心境。漁夫找不到船乾著急，大罵：「小兔崽子！」

那時候體育叫體操，這是大家最喜歡上的課，因為老師會教大家打拳、練劍。每個人手裡一把木劍，揮動起來呼呼有風都成了武林高手，好不威風。下了課，各路人馬拿出招數，你推我擠，爭奪騎到兩個大石烏龜背上去的爭霸權，哪一隊占領了大烏龜，哪一隊就是英雄好漢。

有的同學成了武俠迷，竟突然離家出走，到深山去求仙出家去了。這種事當然把老師家長急壞了。不過等不多久，有的自己回來，有的被找回來，結果是少不了被家人責怪一頓。當時一舉一動大家卻擺出武藝高強的樣子。在教室裡、在院子裡、在河水裡戲水，都自認爲自己是武林高手，我也不例外。

現在回憶起那段「武林少年」的時光，正是「少年負壯氣」，在物質生活貧困的日子裡，沒有背著大書包的痛苦，沒有考試的壓力，上學就是上學，自由自在，那日子是甜甜的、酸酸的，是永遠難忘的回憶。不過現在倒深深體會到，那些眞正的武林高手武藝高強，並不是一朝一日的成就，就像做任何事情一樣，要經過過苦修苦練才能成功的。

22.

馬家灘

站在碧潭的水泥大橋上，往新店溪的下游看，彎彎曲曲的河水，像一條蛇。沿著河的右邊，從中央新村到碧潭，兩年多前修築了一條很好的柏油路，於是這裡就成了附近居民消閒的好去處。天矇矇亮，河邊、山坡和橋頭下，有慢跑的、打拳的、游水的、跳土風舞的、遛鳥兒的……變成了一座熱鬧的大運動場。

早泳會的人在河邊，豎了一塊大石頭，寫上「小碧潭」三個字，很有詩意。沿著這裡往上走，是新開闢的網球場，再往上走，是羊腸小路，沉思、散步都很好。再向上，就是水泥大橋和吊橋，是划船垂釣的好地方。

每年到了十月底前後，沿著河的兩岸，是一片白茫茫的蘆葦，雪白的蘆花，風一吹，像滾滾翻騰的浪花，平靜的時候，像老祖母頭上銀白的白髮。其實那些是「芒」不是蘆葦，但是不管它是什麼，我都非常喜歡它，每年到了這個季節，我都要給它照幾張相片作紀念。

在「老榕樹下」專欄和大家談天的林良叔叔，跟我一樣，是個蘆葦迷，他去年就想來而沒來成，今年他好早就跟我說，他要來看蘆葦。前些日子，我邀了他跟其他幾位好朋友，一起到我家附近的河邊賞蘆花。一個下午，大家都消磨在蘆花叢裡，有說有笑，高談闊論，給蘆葦拍照，玩得非常開心。

過了兩天，林良叔叔在國語日報的家庭版上寫了一篇〈蘆花酒〉的文章，女兒看了忙著跟我說：

「爸，你看，你看，林伯伯在寫你呢！」

我看看報紙笑著對她說：「林伯伯眞會『蓋』，吃頓飯喝一杯酒、看看蘆葦也寫這麼一大篇文章。」

不過我覺得他給這一片長蘆葦的地方，起名字叫「馬家灘」，倒挺不錯的。

想想時間也眞快，我們從台北搬到這附近來住，一晃已經好多年。三十年前，我剛到台灣的時候，最先住的地方就在新店的「清風園」裡。

記得我們從基隆下船，好像坐了很久的火車，然後再乘軍用的大卡車到新店。那時候碧潭吊橋還可以通汽車，車經過的時候，搖動得非常厲害，比在海上的輪船動得還可怕。現在，吊橋老了，再也禁不住車子壓，所以早就不准車輛走了。

「清風園」原來是一所療養院，在小山坡上只有兩排平房，很遠的空曠地方，是停屍用的太平間。那時只住了我們幾個人，其中我的年紀最小，夜裡從來不敢上廁所，如果有事，逼得非出去不可，只好低著頭往前走，從來不敢抬頭看看遠處的小山丘，到處一片死寂，山坡上全是閃閃發光的鬼火。

那時候的碧潭，山青水秀，除了假日外，要划船只要跟船主打個招呼就可以了，划船不要花錢。我們的消遣是抓魚、採茶、划船和吸著清新的空氣。

三十多年後我又搬到新店，但我已經不再是那個怕鬼火的男孩子，而是兩個孩子的父親了。人變了，當然碧潭的風光也變了，那青翠的山坡上，到處蓋滿了房舍，挖土機的怪手，把青山翠谷挖得滿目瘡痍。就連那剛剛修築好的環河馬路旁，也任人亂倒髒物、堆積磚石，不到兩年的時間，已經變成了無人管的大雜院。

我在這裡散步的時候常想，我們人類不要花一分錢，就能唾手得到大自然所擁有的一切，竟然絲毫不加愛惜，隨意破壞不該破壞的大自然環境，真是太不應該了。如果我們再不好好保護我們的環境，也許再過三十年，我們再也看不到山上有一棵樹，潭裡再也不會有一滴清清的潭水，當然那長滿蘆葦的「馬家灘」也沒有了。那時，我們都變成了大自然的敵人，受害的不是大自然，而是我們人類自己！

23.

摸書人

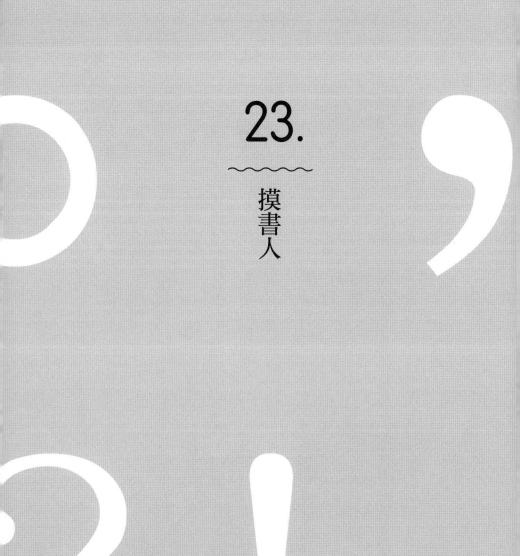

父親是個手藝人，小時候跟著祖父落居在我出生的小鎮上。在我的記憶裡，父親似乎從來沒有對我笑過一次。這並不是說他不喜愛我。我是家中最小的一個，上面有四個哥哥四個姐姐。

母親常告訴我們，父親因爲不識字，做生意經常吃虧上當，所以自己整日辛苦，是要讓我們九個兄妹都能唸書識字，免得像他一樣吃虧上當。但一個小生意人要把九個孩子扶養大，已經不是一件容易的事，要想供我們唸書當然更困難了。所以全家除了大哥唸的書多，其他的哥哥組姐都沒有達到父親的理想，等輪到我的時候，不但家境不准許，時局也越來越亂。但是我雖然出生在這樣一個沒有一點兒書香氣的家庭裡，可是在我一輩子的日子裡，卻摸了幾十年的書，跟書結了不解的緣分。

十五歲那年，也就是大陸淪陷的一年。我從北方的家鄉逃到上海，大哥準備讓我唸初中，可是那時整個國家都在戰亂中，有人已經開始遷到台灣來，逃難已經來不及了，哪裡還能唸書。爲了隨著軍隊來台灣方便，在朋友的安排下當了一名小兵，但是工作卻是在圖書館。

我當時覺得很失望。爲了要唸書，好不容易從老遠的北方到上海，結果又落了空。剛到台灣的時候，遠離家鄉和親人，年紀小非常想家，每天的工作就是搬書拿書，是一種非常乏味而辛苦的工作，但是要吃飯就得要做事。

日子久了，每天看到那些進出圖書館的看書人，覺得他們能夠整天看書好幸運。我爲什麼不能看書呢？我想起母親說過有關父親不識字的痛苦，於是燃起了我唸書的慾望。我想既然不能升學唸書，爲什麼不自己自修呢？

抬頭看看滿架子的書，除了一本開明國文講義，我勉強能看得懂，其他的書都是又厚又重的英文版醫學書，那當然不是一個小學生能看得懂的。

但是我覺得書是世界是最容易親近的，只要你肯接近它，它永遠不會拒絕你。起初我找一些簡單的英文、數學、幾何看，不懂就問來圖書館借書的人，他們借書我幫他們忙，我有問題請教他們，他們都樂意告訴我。這樣書不但給我增加了好多知識，也因爲書的關係，使我認識了不少朋友，建立了很好的友情。

一次偶然的機會，書又給我帶來一生中最重要的一個機緣。那時我已經把

中學的主要功課全都自修完了，但我要有中學畢業資格之後才能有唸大學的機會。一位在大學教書，晚上又在中學夜校兼課的王老師，他經常到我們圖書館找資料，那些我連名字都不懂的書，他一提我就很快的替他找出來，他對我印象非常好，當他回頭看看我看的自修書籍時，就追問我的生活情形，並且立刻很誠懇的問：「你爲什麼不去唸唸夜校呢？」

我們雖然不是正式的軍種，但還是管理得很嚴，晚間出營上夜校不是一件方便的事，但在他的熱心鼓勵下，滿口答應我用同等學歷插班報考初三。這能說不是書帶給我的緣分嗎？

很快的，初中、高中都順利的過去了。我脫離了軍隊生活。但是因爲我在圖書館工作好幾年了，這一點摸書搬書的經驗，又給了我另外的一個機會，於是又到另一個圖書館去工作。我接觸的書更多了，範圍也更廣了，當然我的求知慾也大了起來。我要唸大學！

現在想想，從初中到大學，白天忙、晚上跑夜校，一直在圖書館裡工作，幾十多年摸書搬書的生活，書不但讓我結識了好多好朋友，在整天替人忙碌的工作中，自己也得到了許多不是用金錢能夠買得到的樂趣，如果有人問我最大的收穫是什麼？我會毫不遲疑的說：「替人服務就是替自己服務。」

24.

書緣

世界上有許多愛讀書的人，跟書結下了緣。把那些愛讀書人的故事集起來，編成一本《書的故事》一定相當有趣。荷蘭文藝復興時代的學者，伊拉斯莫斯（Erasmus, Deciderius）說：「我有了錢先買書，剩下來的才買吃的。」在中國古時候，也有不少愛書如命的人，有的用美女換書，有的爲了買書傾家蕩產。我雖然沒有像先輩那麼樣變成書癡，但幾十多年的圖書館工作，卻跟書結下了不解之緣。

父親是個木匠，一生因爲不識字，受了人家不少騙，所以下決心要讓我們兄弟幾個人讀書。可是當我小學畢業的時候，雖然剛抗戰勝利，卻因時局動亂不安，家中已經衣食不足，那裡還有錢給我讀書。那時候到了上海，在一所醫學院的圖書館工作，整天接觸到的都是書，看到那一排一排書架子上的書，不但那些英文字ＡＢＣ看不懂，連許多中文書的名字看起來也不懂。不過因爲這個整天跟書爲伍的機會，與書爲伍不但成了我的職業，也影響了我的一生。

起初，站在那些書的面前，自己好像變得非常自卑，也非常渺小。對書懷有一些嫉妒，自己常問：「我要能讀這些書該多好！」面對著書城和失學的痛苦，我慢慢改變了對書的態度，由恨書而愛書，也從書中得到知識，改變了我的命運。書在我的眼中，眞像整天面對的好朋友，我養成了愛書、看書的樂趣。

我有個習慣，有時候碰到心煩的事，我總是先找我的書朋友。我不是看書，也不是從書中找尋解決煩惱的答案，而是毫無目的的一面翻書、摸書，讓心境安靜下來，同時一面思考問題。有一次，確實有一個很苦惱的問題，一直無法解決，我竟從第一排書架子上的第一本書，一直翻到最後一個架子上的最後一本書。那是一所不小的圖書館，而是在美國排名很前面的一所中文圖書館，藏書是以中國文史書籍爲主，雖然那是好多年前的事，至今那些書熟悉的面孔，仍然常浮現在我的腦海裡。這種漫無目的的翻書，有一個好處，就是當你看到那麼多好書時，你會覺得，爲一點芝麻粒兒的小事去煩心，爲什麼不好好看看自己喜歡看的書呢！

愛書的人大多也愛買書，一買就是一堆。可是書多了也有煩惱，因爲這本想看，那一本也想看，到了最後卻一本也沒有看，甚至連翻也沒翻過，心中不免有些對不起那些花錢買來的書。所以有人說：「有了書就不看書了。」眞是一點不假。我想這也是一般愛書人的通病吧。

平常日子，總少不了一些瑣事，或是自己不喜歡做、又非去做不行的事，常浪費不少時間，一想到好久沒有看書，就感到自己像個白癡，肚子裡空無一物，這時會狠下心，把一切雜事擱下來，放開心情好好看書，好把浪費掉的時間撈回來。

在這買書、翻書和看書中，確實會得到不少樂趣。最大的好處是跟朋友談話時，你不會孤陋寡聞，或是一問三不知，顯得自己的學問很「淵博」。其實那也許是碰巧，絕不應該是讀書的目的，因爲讀書是爲了自己，並不是用來向人炫耀。不過摸書、翻書多了，還會增加人的記憶力。有些在書上的知識，你不必死記，在想到某些問題時，它會突然從你的腦子裡蹦出來；或有些別人想不到的「點子」你能想得出來；這統統是翻書所得來的好處。

現在的書太多了，尤其是在圖書館裡工作，面對著堆積如山的書，眞不知道要看那一本才好。不過翻書翻久了之後，會翻出你的興趣來。所謂熟能生巧，我就是這樣找到自己的興趣的。我的讀書興趣很廣，但卻集中在文學、藝術和兒童文學方面。一般告訴人如何閱讀的書，只能告訴你一些基本看書原則，要想得到讀書的樂趣，要常常摸書、翻書，久了經驗就會告訴你的。

對書發生興趣後，又會發現那麼多的書，怎麼能看得完呢？如果你想到這個問題時，就要有一套讀書的方法。有些書只需翻一翻，有的書只需要看一部分，有的卻需要細細的品嘗了。在想要看的書太多的時候，可以把同類的書集中閱讀，省時間又有效果。

世界上有很多書改變了歷史，也有影響人的一生的書。書看多了你會發現，所謂的一本好書，不是詞藻華麗、裝幀精美的書。一本讓你受益的好書，可能只是書中的一兩句話、或是寫書人的思想讓你受到了感動。一本書有時也會因為人、或環境而令讀者有不同的感受。

我很早以前讀過一本書，名為《沒有走完的路》，故事是描寫一個少年，在艱苦環境中流亡的故事，其中有一句「路是人走出來」的話，因為故事感人，而且書中主角的遭遇跟我相似，所以這本早已忘記作者是誰的書，卻給了我最大啓示。

幾十年前，兵荒馬亂，小學畢業無法繼續讀書，只好隨著軍隊來到台灣，當時讀到那本書，好像就在描寫我自己，讀完後給我無比的信心。在以後半工半讀的日子裡，那句「路是人走出來」的話，一直是鼓勵我努力向上的座右銘。這也就是說，好書像好朋友，只要能有一兩位就會給你很大的幫助。書中蘊藏了不少的寶藏，要會開採，一輩子都是受用無窮的。

書給人帶來快樂，可是也給人帶來煩惱。我讀了好書以後，就怕別人不知道，常喜歡把書借給人看，可是常常一去不返，心很痛，以後有了好書，先蓋上藏書之章，再寫上：「書是我的好朋友，需要它陪伴我，請不要把它帶走。」但是效果仍然不太好。

另外一件苦事，是隨著自己的興趣，買的書越來越多，放書的地方就成了問題。有朋友到我家，一進門就說：「你家裡的書好多啊！」但是朋友卻不知道，書多了帶來多少苦惱。現在，不是自己喜歡的書絕對不買，新買的書沒看完決不買第二批書。有些只是瀏覽性的書，看完後就設法處理掉，免得佔了書架上的位子。

好書的確可以幫助人的思想成長，給人帶來快樂，但這種感受不是一天兩天就會得到的，要長久跟書打交道，才會體會到「書是人靈魂的窗子」。好書要多，但不要有了書就不讀書了。

這篇文字寫到這裡，看起來倒很像讀書指導了，但不管怎麼說，這都是我從讀書、跟書結緣所得到的經驗和樂趣的經過。我現和書結了很深的緣，想必將來也不會停止，因爲它充實了我的靈魂，恐怕眞要像陸放翁所說：「老死愛書心不死，來生恐墮蠹魚中。」的詩句了。

25.

爬山

星期天，我喜歡起個大早兒，踩著鋪滿溪畔竹林中軟綿綿的竹葉的小徑，爬上我家附近的小山上，在山頂上，等候太陽照出來的第一道陽光。

初升的太陽，照著山邊飄過的一團一團的雲，雲遮著陽光時，山坡上像灑了一團黑黑水，雲飄過去，陽光照在山坡上，山像剛洗刷過一樣乾淨。

太陽越升越高，籠罩在小山的雲和霧，漸漸地消失了，山蓋上了一大塊綠色的絨布，好美！但最美的時刻，要算是太陽剛升起來的時候，起伏的小山，在飄動的雲影下，忽明忽暗，像一條變形蟲在變、在蠕動。

每次爬山，我總覺得我是「第一個爬山人」，但是走到一半，就會碰到成群結隊的老年人，拄著枴杖，帶著手電筒，步伐輕快地已經從山上往回走了。甚至還有七十多歲的老先生，穿著短褲，打赤膊，流著滿身大汗，拿著大鐮刀，用力的在清除山上小徑旁的雜草。看到這麼大年紀的人，還那麼有精神，眞讓人感動！

爬山的樂趣，我覺得不一定非要爬好高好高的山，而是要「停、聽、看」。不要匆匆爬上了山頂，喘一口氣又往回走，這樣會失去很多「停、聽、看」的爬山樂趣。

爬爬停停，回過頭看看自己爬過的彎彎曲曲的山路，像一條帶子，纏在腳底下，會讓你覺得心裡很舒坦。再往上看、往遠看，一山又一山，一個比一個高，這時候像有誰在推你，你會忘了腿痠腳痛，又鼓足力氣往上爬。

沿著山路往上爬，山谷溪中的流水，嘩啦嘩啦地響，有板有眼，很有節奏，像他在跟老朋友談天兒說話。你越往上爬，水聲也越大，山這麼高，山上的水是從哪兒流下來的呢？這是個挺有趣味的問題。如果坐下來，閉上眼睛，聽聽看，水流的聲音給你的感覺又不一樣了。

站在山腰，隨便你往哪兒看，仔細的去觀賞，你會驚奇地發現，山上的一棵樹、一根竹子，或是幾片落葉，它們在的位置，是那麼好，那麼恰當。不管它是東倒西歪的枯樹，還是野花雜草，都覺得很美，像是誰精心安排好的，是故意把樹枝折斷，把葉子撒了一地。

你可以把眼睛當作照相機，遠望近看，把山中的景色，用眼睛「切」成一塊一塊的小方塊，每一塊都是一張美好的畫；一層一層的梯田，是一幅圖案畫；谷中的雲煙，是一幅中國水墨畫；錯綜交織的小樹林，是一幅現代畫，隨你想，隨你看。但這種樂趣只有懂得「停、聽、看」的人，才能體會得其中的樂趣。

有時抬頭看看山頂飄過的白雲，聽聽溪中流過的溪水聲，會替高山難過，覺得它太孤單、太寂寞，我不由哼起我作過的一首小歌：

青山青，青山高，
白雲天天從你門前過，悄悄跟你說什麼？
青山青，青山高，
溪水天天從你門前過，悄悄跟你說什麼？

哼著哼著，高山好像也在跟我點頭說：「你覺得我很寂寞嗎？我一點也不寂寞。」而且笑我們，把大自然拋開，整天關在鳥籠一樣的公寓裡。到底是誰寂寞呢？

爬山

爬山確實很好玩，不僅對身體好，在寂靜的山路上，碰到不相識的爬山人，也都會相互打個招呼、做個手勢說聲：「早！」看到的是喜悅的面孔和青山綠水，聽到的是清脆動聽的鳥聲和嘩啦嘩啦的水流聲，你會覺得山中好熱鬧，於是越爬越有勁兒，心中有什麼不高興的事，也全都忘光了。

26.

天為什麼不下雨？

最近天老不下雨，新店溪的水都乾枯了。平日碧潭綠綠的水，也縮得成了一個小塘。一位住在這裡六十多年的老太太跟人說，她在這裡住了這麼久，還從來沒有見過新店溪的水這樣乾枯過。

我帶著小慈踩著乾巴巴的河床走過碧潭。她一直追問著我說：「爸，河水都乾了，天爲什麼不下雨呢？」我把一本書上有關「天爲什麼不下雨」的小故事講給她聽。

傳說在歐洲有一種非常聰明的小矮人兒，心眼兒非常好，對小動物非常愛護，當然小動物也愛護他們。這種小矮人雖然很小，小得只有一寸多長，但是壽命卻很長，有時可以活到好幾百歲。

有一年，歐洲天旱不雨，有不少人活活的被熱死、渴死。有一位很著名的科學家，他有一套能控制讓天下雨或是不要下雨的本事，百試百靈，可是這回卻失敗了，連個小雨點也下不來。一天夜裡，他正在研究他的試驗，想要天快點下雨。這時他有一個小矮人朋友，悄悄的從門縫兒鑽進來，跳在桌子上，敲敲他的試驗報告大聲笑著說：「老兄呀，休息休息吧，你的研究已經不靈了。」

正在聚精會神研究的科學家，被小矮人的尖笑聲嚇了一跳說：「哎呀，是你呀，你來得正好，我有個問題要問你。」

「什麼問題呀？」小矮人笑嘻嘻的說。

「告訴我『天爲什麼不下雨』？」科學家愁眉苦臉的說。

「哎呀，老兄，你不是能呼風喚雨嗎？爲什麼連這麼簡單的問題還要問我呢？」

「別開玩笑了，你比我聰明多了，你應該知道。」

「哼！」小矮人用鼻子哼了一口氣，「你們人類不是挺聰明的嗎？要征服自然，任意的破壞自然環境，結果也該嚐點苦頭了吧！」

「對，不過你是說過些什麼，我不太記得了。」科學家被小矮人說得臉一紅一白，很不好意思的問。

「空氣汙染太嚴重，人口太多啦！」小矮人加重語氣大聲喊著說。

「眞會有這麼嚴重？」

「虧你還是世界上最有名的科學家！」

「眞……眞有這麼嚴重？我有點不敢相信。」科學家疑惑的又問。

「這也可以看得出你們人類的自私，如果不是這麼嚴重，我們小矮人也不會躲在深山的森林裡去居住，害得我們小矮人，全世界只剩下不到一百個了。」小矮人很不客氣的說。

「難道汽車放放黑屁、工廠的煙囪冒點煙，就有這麼嚴重；再說宇宙這麼大，這又算得了什麼呢？」科學家爭辯著說。

「算得了什麼？世界過多的人口，到處蓋房子、築路、設工廠，大量消耗能源，早已經改變了整個自然界的平衡。就拿森林來說，被你們人類砍伐得越來越少，因此汽車、工廠排出來過多的二氧化碳和廢氣沒有地方去，就跑到大氣層裡去，於是使大氣層中的氣體也失去均衡……」小矮人顯得很氣憤，一直說個不停。

「你是說，這些氣體影響了天氣變化，所以該下雨時候不下雨，不該下雨

的時候又拚命的下？」科學家打斷小矮人的說話。

「對了！這只是一個最簡單、最明顯的例子。如果你們人類還不自覺，嚴重問題還在後面呢！」

「還會更嚴重？」科學家雖然了解這些問題的嚴重性，但似乎還不太敢相信小矮人的話。

「哼，老兄，虧你是個科學家，世界上最有名的科學家！」小矮人不知哪兒來的那麼大氣，跳下桌子，像一陣風兒似的氣跑了。

這雖然是個小故事，但卻告訴了我們「天為什麼不下雨」，除了大自然本身的原因外，我們人類也正在影響著天氣。「天為什麼不下雨？」我們不該問老天爺，也不該問小矮人，而是應該問問我們人類自己，該如何好好保護我們的自然環境。故事講完了，坐在河邊的大石頭上，女兒小慈似懂非懂的，指著遠處對我說：「爸，你看那個工廠冒的黑煙好大啊！你看那輛汽車又在放黑屁，難怪天老不下雨，害得我們連自來水都快沒得用了。」

27.

你喜歡幾號？

「爸！我問你一個問題。」

「你已經問過好幾個了。」

「再問一個，你喜歡幾號？」

「什麼幾號？」

「超人！」

「我都不喜歡。九點鐘了，快睡吧！」

「不要走，我還沒有問完呢。」

「九點多了，快問。」

「那你喜歡不喜歡阿波羅五號？」

「不喜歡。」

「大魔神？」

「不喜歡。」

「一號？」

「不喜歡。」

「二號？」
「不喜歡。」
「三號？」
「不喜歡。」
「那你小時候喜歡什麼？」
「我喜歡『航空帽』。」
「有沒有比超人棒？」
「那是飛行員戴的一種帽子，在北方冬天戴著很暖和，那時候我們在鄉下，誰要有一頂『航空帽』，誰就很神氣。就像你有超人一樣。」
「你有多少？」
「一頂。不過那還是盼望了好久好久，奶奶才答應給買的。」
「那你一定想做飛行員？」
「不，只是覺得很好玩。戴上那種帽就像當了航空隊的隊員了！」
「我可不要戴那種帽子，熱死了。」

「可是冬天打『雪仗』，戴在頭上又暖和又神氣呀！」

「爸，那你小時候還喜歡什麼？」

「喜歡……喜歡睡覺。」

「騙人。你喜歡不喜歡過生日？」

「爸爸從小到現在就沒有過過生日。」

「什麼?!沒過過生日？那一定是奶奶不喜歡你，對不對？」

「不對，奶奶很喜歡我。」

「那你喜歡不喜歡我——過生日？」

「當然喜歡了。」

「那你送給我什麼生日禮物？」

「一本故事書。」

「不要，我要阿波羅五號。」

「時間不早了快睡吧！到過生日的時候再說。」

「爸，我再問一個問題。世界上到底有沒有真的超人呀？」

「沒有。」

「那在哪裡才有？」

「哪裡也沒有。」

「那電視裡爲什麼有？」

「那都是人『想』出來的。」

「怎麼『想』？」

「用頭呀。」

「人的頭有那麼棒嗎？」

「當然，每個人的頭都很棒，世界上很多的事都是人『想』出來的呀！」

摸摸「小超人迷」的頭，他已經呼嚕兒睡著了。我想他一定還在想：人的頭，眞的比超人還棒嗎？

28.

信

過去我在國外一所大學圖書館工作，辦公的地方離我住的地方很近，只要走七、八分鐘就到了。那時候初到國外，一切都很陌生，每次除了工作就是希望收到國內朋友們的來信，所以有時候急著想知道有沒有自己的信，總是匆匆忙忙吃完午飯，就急著趕回住的地方去看一看郵差有沒有送信來。

有一天，我靜坐在二樓臨街的窗前，等候郵差送信來。這時有許多小朋友，手裡拿著大包小包的禮物，有說有笑、興高采烈的從小街上走過去。我看看日曆，才知道母親節快到了。心中暗暗的想，如果我也能寄一份小禮物給母親多好。可惜她老人家身在大陸，連一點消息也沒有，還談什麼送禮物呢，心裡突然有股說不出來的酸楚。

想著想著，郵差來了，我急忙跑下樓，有一封我的信，打開一看，是親友從香港寄來的，信的內容很簡單，說是我的母親早在幾年前就去世了。

我沒有再看下去，怕站在身邊的房東太太看見，把信捧得很高，遮著滿眼沖出來的淚水，跑回自己房間。我覺得老天爺太會作弄人，多少年日夜思念的母親，好不容易有了一點消息，而竟是這樣使人傷心的壞消息，更巧的又是在母親節的前一天。

我的淚水濕透了信紙，眼前是一片迷茫，我追憶著離別多年的母親的容貌。

我是十五歲那年離開母親的，沒見到母親已經二十多年了，任憑我怎麼搜索枯腸，也捕捉不到一點母親的影子。唯一讓我記得起來的，只有母親的那一副寬邊兒的老花眼鏡了。

母親的眼鏡很特別，鏡框很寬，是用玳瑁作的，但是兩邊的架子早就斷了，用兩根細線繩兒拴起來代替鏡架子，左邊的眼鏡片沒有了，右邊的也只剩下一大半。哥哥和姐姐大家一直要替母親配一副新的老花眼鏡，可是她不要，她說那副老骨董眼鏡，是姥姥留下來的紀念物。

在別人的眼裡，像這樣一副破眼鏡，老早就要被扔掉了，可是母親卻一直捨不得丟，而且戴著它能夠做出很精細的針線活兒。我和我的小外甥們，都戴過她精心繡製過的「獅子帽」。帽子全是用金光閃閃的金線繡的，有鼻子有眼，就像舞獅時用的獅子一樣漂亮，尾巴上有一個小鈴鐺，走起路來擺來擺

去，叮叮噹噹響個不停，誰看了誰都說是了不起的好針線活兒。

一年到頭，不管什麼時候，只要母親一戴上那副眼鏡開始做針線的時候，就會一邊做一邊哼著小曲兒，有時候是河北梆子戲，有時候是我們從學校裡學來的新歌，不然就是那時候最流行的周璇唱的歌。她邊唱邊做，就是連她在生氣的時候也是這樣，像遊戲，又像回憶什麼——我想那時候一定是在懷念她的母親，因此世界上只有母親才是永遠讓人懷念難忘的人！

秋天的夜晚，全家圍在一盞昏黃柔和的煤燈下，起先只有母親的哼聲和我們剝花生的聲音。過一會，她稍稍抬起頭來，從沒有眼鏡玻璃的眼鏡看看我和四姐，要我們教她唱新的歌，如果沒有新歌，就要我們合唱一首老歌給她聽。這時，屋外是一陣一陣刷刷的秋風吹落葉的風聲，屋裡是我們和母親合唱的歌聲。這時候眞不知道世界上還有什麼地方，能夠比這樣的家更溫暖更快樂！

不過母親爲了懷念自己的母親，還有一副外祖母留給她的沒有鏡片的老花眼鏡。而我呢？就連這一點點有關她的回憶，也只是一些模模糊糊的印象罷了，其他的一切，都像斷了線的風箏，隨著幾十多年的離別，而不知飄向何方去了。

如果說母親眞的留給了我什麼，我想是當我小的時候，常常爲了爭著吃東西而大哭大鬧，遇到這種情形，母親總會繃著臉朝著我說：「沒出息，長牙齒不是只管吃東西的，要把牙齒長在肚子裡，要咬牙立志！」我想這就是母親留給我的最有價值的遺產吧！

29.

失去的河——難以忘懷的一次旅程

一條細細的小河，細得像一條斷成一節兒一節兒的繩子，說它是河，不如說它是一條小水溝，因爲最寬的地方不過一丈多，窄的地方只有一尺寬，只要用力一蹦就可以跳過去。

原來這條河是很寬、很深的，兩岸間用三四塊長木板子，在橋墩子上搭成一座獨木橋，來往只能走得過一個人，走在上面會上下顫動。到了夏天河水大漲，橋板被洪水沖走，過河到火車站就要靠船擺渡。

看著眼前這條河，像個走不動路的老人，走一步喘一口氣。但在同時，我的心裡卻浮現出另外一條滾滾的大河，那是眞實的河，也是感情上的河。過去，該說是幾十多年前吧，這條河是屬於鎮上所有孩子們的河，不管是水涸、水漲，到了夏天就成了孩子們的天堂，游水、捕魚、摸蝦子……，整個夏天都聽得到孩子們的笑聲，就連冬天河上結了冰，還是有一群一群的孩子在冰上玩。

看著那快要失去生命的河，也讓我想起一筆沒有還的債。那年的夏天，我從家鄉到上海找大哥。當時的河水暴漲，我拎著母親給我備好的小包袱過河。

船在滾滾的急流中搖擺到對岸，擺船的人看我沒有給船錢，口氣很不好的喊著：

「喂！小孩兒給個船錢。」

我摸摸口袋，只有三哥給我的九塊錢金圓券；那是他一個多月的薪水，也是我從北平到上海的全部盤纏，沒有零錢給船錢。我想當時的樣子一定很狼狽，爲了趕搭開往北平的最後一班火車，一時情急撒了一個謊，說：

「大叔兒，我一會兒就回來，等回來一塊兒給。」

那年我十六歲，是不該撒謊的。我不等船伕答應，就拎著小包袱，跳下船頭也不回就溜走了。想不到「我一會兒就回來」，竟一下子相隔了六十多年。雖然船錢隨便給多少算多少，但總是欠了人家的錢，這筆債恐怕永遠也還不清了。

這條小河曾經帶給我很多的快樂、很多的回憶。現在它的河水都流到哪兒去了？心像打碎的一塊盤子，永遠再也拼湊不到一起，深深印刻在心中的一切記憶，全都隨著失去的河水消失了。心想，失去的河水也會跟我一樣，在外面流浪了幾十多年後又回來嗎？這當然是不可能的事，但心中卻竟想著這不可能的事。

河的兩岸原來有很多的柳樹，像一條綠色的的圍巾繞在小鎮的四周。夏天跟小夥伴兒在大柳樹下捉迷藏，用柳枝編帽子做口哨兒。有時候，大夥兒光著屁股，一個一個噗通噗通跳下水，像一群小鴨子在河中嬉戲，差不多整個夏天都是在河邊消磨過去的。到現在我還有一種喜好，就是不論到什麼風景區去玩，總是特別留意有沒有柳樹。記得好多年前，頭一次到東京，在一個風景區看到很多的柳樹，當時竟情不自禁的流下了眼淚。這是一種偏愛，也是一種思鄉的情懷。現在眼前的河水乾了，大柳樹不見了，故鄉好像也從地球上消失了。

在還沒有回鄉的機會以前，當我夜裡睡不著覺時，常假想自己回家的情景，用來打發失眠的夜晚。我假想從北京坐平漢線火車南下，經過一個多小時的車程，到了小鎮下車後，往西走一段兩里來的路，過了小橋往左轉，走過一口老井，上一個大斜坡兒，過了大街進入一條巷子，倒數第二家的小門樓兒，那就是我的家了。

當還鄉之旅成爲事實了，心中一直惦念著那條河，不知爲什麼翻騰的情緒，使得一向正常的血壓高居不下。取消這次還鄉之旅嗎？當然不可能。行程的日子一天一天近了，最後終於看到了夢中日夜思念的河，但四十多年思念中的情景，都隨著眼前的河水消失不見了。

不知道是巷子變窄了，還是我的心被壓癟了，雖然小巷子靜悄悄的空無一人，但卻像是擠著走進去的。站在跟母親離別的小門樓前，那兩扇大門、門框、門檻兒，像是被狗啃過的骨頭，經過長年風雨的吹打，浮現出過去歲月的滄桑。

走出巷口往北走，沿著大街上的老宅子，老字號的店鋪，曾經讀過小學的關帝廟，都因爲要拓寬馬路全拆光了。街道變寬了，但顯得很荒涼，沒有從前那種親切感。街頭的最北頭兒，是一座十二孔的大石橋，那是南北交通的要道。根據地方誌的記載，橋在明朝時曾經重修過，樣子很像蘆溝橋，只是沒有石獅子。在流浪的歲月裡，這座大石橋也一直是我心中故鄉的象徵。

有一次，偶然在宋朝范成大的《石湖集》中，發現他曾到過這裡，他視察路過小鎮，看到美麗的風景還作了一首詩：

煙林葱蒨夢回塘，
橋眼驚人失夢鄉；
健起褰惟揩病眼，
琉璃河上看鴛鴦。

在無意中看到這首詩心裡很樂，因爲他詩的後面註有：「琉璃河，原爲劉李河，從胡語六里河而來。」接著他還註有「鴛鴦千百成群」，不但告訴了我家鄉名稱的歷史由來，從詩中可以知道，過去這條河在宋朝時候就很美了。

不過在我四十多年前離開的時候，河裡沒有鴛鴦，只有幾隻水鴨子。如果像范大成說得那樣美的風景，那看到連河水都快乾了，水鴨子也沒了，說不定再過多少年後，連大石橋、小鎮也不見了，心裡一定會更悲傷。

大石橋頭立了一塊牌子，把橋列爲國家保護古蹟、但在石橋橋面上，鋪上了一層厚厚的柏油，完全失去了原有的風貌。我回頭再看看那冷清的街景，心想，這是我的故鄉嗎？

回到家的第一個晚上，七歲的侄孫當面給我背誦「少小離家老大回」的詩句，聽了心裡有些酸酸的。但並不挺難過，畢竟四十多年的離別後，大家又團圓了，是件高興的喜事。可是我站在這古老的大石橋上，不停的摸著那冷冰冰的石欄杆，再也擋不住眼眶子裡的淚水。

夜裡，躺在招待所的床上，聽著那熟悉的火車汽笛聲，滾來滾去再也睡不著了。我起床在小記事本上，寫出我心中的感傷：

離別故鄉使人感到悲傷。
回到故鄉使人感到溫馨。

但是在這個世界上，卻有還鄉比離別故鄉更讓人傷心的地方。

四十多年了，夢裡的故鄉，一直是個四面環水，河畔長滿垂楊柳的小村莊。在大街上，不管認識不認識的大爺和大娘，總是臉上帶著慈祥。

四十年了。我終於回到那日日夜夜思念的故鄉。但我站在那大石橋上張望，那清澈的河水涸光，那絲絲的垂柳早已被砍光。那口古老的老井失去方向。那條樸實的古老大街，雖然有人來人往，街景卻是那麼淒涼，多少多少對的眼光向我冷漠的張望，卻沒有一絲的笑容。

我站在長長的大石橋上，不停的撫摸著橋上的欄杆，回憶著童年在這裡嬉戲的地方。我的淚水不停的流，我的血在沸騰。我望著那個涸乾的小河不停的問：

這裡是不是我的故鄉？
這裡是不是我生長的地方？
這是我在做夢，還是我走錯了地方

這次一生難忘的旅程，來去不過十幾天，但卻像在時光隧道中，來回走了十幾年、幾百年一樣。小河、楊柳和那失去往日光彩的大石橋，像倒來倒去的錄影帶，不停的在我腦海中閃過，我不停的追憶，不停的找尋我那失去的河。

30.

花開花落

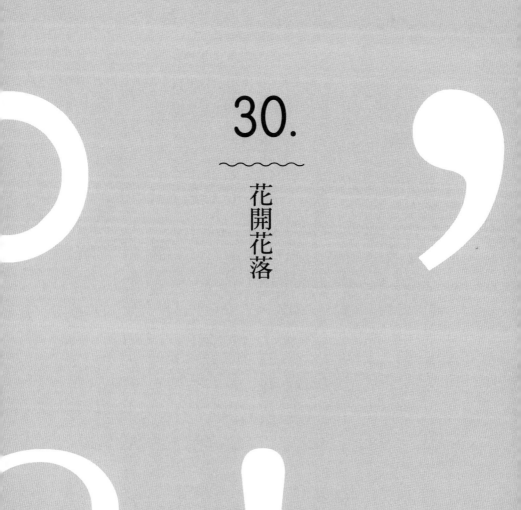

植物園裡的荷花，年年花開花落，每當荷花盛開的時候，總是吸引不少賞花的人。愛好攝影的人，有的一大清早就揹著各式各樣的照相機到園裡拍荷花。有的人爲了攝取最美的鏡頭，還用長桿子去把不要的花和葉子扒拉開，甚至故意把花片打下來兩片，讓它落在另一片荷葉或是浮在水面上。這樣是眞的美嗎？

人都喜歡追求美，可是世界上沒有絕對的美。自然界沒有，人的一生際遇也一樣，不可能一輩子都是一帆風順沒有波折。我在植物園裡住過十多年，後來上班也沒離開過植物園。一個人在一條用不了十幾分鐘就能走完的短短南海路，和一個小小的植物園，竟然從少年到老年，四十多年沒有離開過。在別人的眼裡也許會罵我太沒出息，男兒應當四海爲家，而繞著那麼小的空間轉了四十多年，那有什麼好値得嚷嚷的。但人是有感情的，有時候一雙穿破的鞋子都捨不得丟，更何況是陪我成長走過的地方呢！

花開花落，算一算，我看著園裡的荷花四十多年了，我倒有一些與衆不同的看法。我喜歡盛開的荷花，但我更喜歡池塘裡的殘荷倒影，那橫七豎八的花莖的影子，有的很像抽象畫，再細看更有不少像八大山人畫的畫面，眞是禪味十足，那殘荷的美絕不亞於那盛開的荷花。

我喜歡殘荷，這很像我走過的人生歷程，說起來是緣分也是命。在我不完美的生活裡，也有很多値得回憶的滋味。

三十七年九月，我剛從北方到了繁華的大上海。那時候已經是動亂不安。灰灰的天空籠罩在大上海的天空上，陰沉沉的讓人喘不過氣來。在不得已的情況下，我頂了一個姓張的名字；後來又改成姓丘的，穿上長可及膝的灰軍裝。我的個子小，軍衣大，活像漫畫家張樂平筆下的三毛。

大哥躺在床上，他說：

「你不去廣州就去台灣好了。」

「好！」我站在床前很乾脆就答應了。

說眞的，那時候爲什麼要走？廣州在哪兒？台灣是什麼地方都搞不清楚，胡裡胡塗就決定了。

「念書的事，等安定後再說……」沉默了好一陣子，大哥又嘆著氣說。

在微弱的燈光下，我只看到他的嘴唇微微顫動著，他說什麼我沒聽清楚，最後他聲音提高了說：「路是人走出來的。」

「不上學沒有關係，我可以自修。」我安慰大哥說。

我從北方到南方求學不成，就這樣改名換姓，跟著軍隊到了台灣。當時雖然是當兵，我的工作卻是在圖書館裡。我從開明英文講義、國文講義到錢穆的《國史大綱》，不管懂不懂抓來讀。因此也注定了我在圖書館混一輩子飯吃的命。

這時候我的「苦讀」感動一位影響我一生的人，那是在台大任教，晚上在建國中學補校教書的王澤民老師。那時候他常到圖書館來找資料。我雖然看不懂那些英文書刊，但是卻記得那些書長的是什麼模樣。他一說我就很快的幫他找到了。

王老師也是戰亂中苦學過，知道我自修想考師範學校，準備將來當個小學老師。在他鼓勵和協助下我進了夜校。因爲初一初二的功課我都自修過了，所以一下子就跳到初三。從此，每當黃昏夜晚，我從小兵變成了中學生，開始和南海路結了緣。這是我一生最大的轉捩點，沒有王老師的幫忙，就不會有今天的我。

四十年代，當時的時局很不安定，軍中管得很嚴，每天都要偷偷的跑出來。上學時候最怕看到憲兵，見了就東藏西躲，生怕被抓到犯了軍紀；因爲不假外出或是太晚不回營會被關禁閉的。可是偏偏在南海路和南昌街交叉口的地方就是憲兵隊，上下公共汽車都在那附近，眞是提心吊膽緊張兮兮。

在混亂的年代裡，說起我們那一班的同學，也正代表了那個時代的一群少年人的縮影。班上的同學有男生也有女生，有工友也有學徒的，有排長也有小兵兒，也有跟親友到台灣來玩的回不去了，也有很有地位大官人家的子女。

高中畢業那年，說話常常帶著「這個，這個……」口頭禪的賀校長說，我們是建中補校「空前絕後」的一班，因爲同學的份子最複雜，但卻懂得刻苦向上，畢業成績也都算太壞。這要感謝那時候建中有許多好老師。他們白天教，晚上也教，因爲許多老師也是因爲戰亂來到台灣。他們教學很認眞，尤其對那些隻身一個人到台灣的同學特別關懷。

在建中補校四年，是我一生最難忘的日子。畢業考完那天，我坐在植物園的荷花池畔，心想，如果我有一天能住這裡工作該多好啊！

後來考取專科學校脫掉了軍服，因爲學費太貴繳不起而休學了。可是說起來又是緣分吧。不久經朋友介紹，我眞的從建中大門走出來，又進了對面的中央圖書館，在館裡當了一個臨時職員。從此，我和南海路上的植物園更結下了深厚的緣。我在那安靜幽美的園子裡住了十幾年，後來上班也在那裡。

植物園好像是建國中學的校園。

我在圖書館工作，每天出出進進，看到那棟紅磚建築的大樓，全身都感到很溫暖。尤其是到了晚上，看看過去自己上過課教室裡流出來的燈光，好像自己還在那裡上課一樣。

幾十多年前，從中央圖書館換到隔壁的農復會圖書館工作，我仍然沒有離開植物園和南海路。每天從六樓的辦公室看到對面建中的紅樓，尤其是傍晚看到那些揹著書包的夜校學生，腦海中就會浮現出那些關懷我們的老師，和那些早已各奔東西的同學們。當然也會想起最關心我的王老師。

記得在王老師去美國深造時候，他到基隆碼頭上船的前一天，我們在一起吃水餃。他黝黑的臉上帶著充滿對我鼓勵的笑容，至今仍深深刻在我腦海裡。多年來，雖然跟王老師失去了聯繫，但我卻沒忘記過他。

植物園裡的荷花謝了，荷花又開了。

每當看到那盛開的荷花，心中難免有些失落感，因爲我的生活中從來沒有過盛開而美麗的花朵。但看到那滿池的殘荷，不是也代表了人生的另一個面貌嗎？我能在美麗的植物園跟書爲友，過了四十多年的書童生涯，那心靈中的美不是更遠勝過那美麗盛開的荷花嗎？

在南海路植物園裡，留下了我一生最珍貴的人生歷程，從一個「異鄉人」變成了「在地人」。我感謝那些教導過我的老師，尤其影響我一生的王老師，一切的感激的話都是不夠的，只能用電視劇「阿信」裡的一句歌詞，獻給我敬愛的老師們：「感恩的心，感謝有你！」

附錄：

馬景賢少兒文學著作一覽表

書名	出版社	出版日期
書的故事	台灣省教育廳	一九七五年十二月
常常拜訪書的家	台灣省教育廳	一九七五年十二月
白娘娘的故事	國語日報社	一九七七年十二月
生命的主宰——腦	台灣省教育廳	一九八一年三月
絲瓜長大了	理科出版社	一九八七年三月
賣元宵的老公公	理科出版社	一九八七年三月
千人糕	理科出版社	一九八七年三月

小螞蟻變變變	理科出版社	一九八七年三月
小山屋	國語日報	一九八七年六月
愛的兒歌	理科出版社	一九八八年三月
風來，鷹來	國語日報	一九八八年六月
驕傲的猴子・一次打兩隻老虎	理科出版社	一九八九年一月
發財夢・有愛心的車伕	理科出版社	一九八九年一月
螳螂捕蟬	理科出版社	一九八九年一月
大蛇與小蛇	理科出版社	一九八九年一月
海鷗與小孩	理科出版社	一九八九年一月
天要塌下來	理科出版社	一九八九年一月
農夫與兔子	理科出版社	一九八九年一月
樹林裡的魚	理科出版社	一九八九年一月
自由的水鳥・養老鼠的人	理科出版社	一九八九年一月
忘恩負義的狼	理科出版社	一九八九年一月

馬景賢少兒文學著作一覽表

快樂村	台灣省教育廳	一九九〇年四月
國王的長壽麵	光復書局	一九九〇年十月
三隻小紅狐狸	富春出版社	一九九一年一月
認識鄉村圖書館	四健協會	一九九一年六月
小英雄與老郵差	天衛文化事業公司	一九九三年四月
好心的軌	圖文出版社	一九九三年四月
找錯醫生看錯病	光復書局	一九九四年五月
石頭滾滾滾	光復書局	一九九四年五月
大豆、毛豆、黃豆	農委會	一九九四年六月
瓜瓜瓜	農委會	一九九四年六月
通獸草	遠流出版社	一九九四年八月
愚人擠奶・顛安和倒四	佛光出版社	一九九五年十二月
風雲一奇僧——虛雲和尚	法鼓文化	一九九六年六月

花生真好　農委會　一九九七年九月
忘恩負義的狼・虎貓　理科出版社　一九九八年二月
貪吃的小野豬・魔琴　理科出版社　一九九八年二月
農夫和兔子・井裡的青蛙　理科出版社　一九九八年二月
天要塌下來・貪心的蟲子　理科出版社　一九九八年二月
海鷗與小孩・幸運的漁夫　理科出版社　一九九八年二月
千人糕　理科出版社　一九九八年二月
我有許多好朋友・誰在打呼　理科出版社　一九九八年二月
（與月光合著）
驕傲的大白鯊・陪媽媽上街　理科出版社　一九九八年二月
（與王國合合著）
山　崩　農委會　一九九八年十二月
白蛇傳奇　國語日報　一九九九年八月
看地圖：發現台灣好物產　農委會　一九九九年六月

馬景賢少兒文學著作一覽表

童顏——當我們小的時候	農委會	一九九九年六月
糯米山果子	國語日報	二〇〇〇年一月
目蓮救母	國語日報	二〇〇〇年一月
非常相聲	小兵出版社	二〇〇一年一月
蔬菜水果ㄅㄆㄇ	小魯文化	二〇〇一年三月
天上飛飛、地上跳	民生報	二〇〇二年一月
我家有個小乖乖	民生報	二〇〇二年一月
香蕉國王下命令	民生報	二〇〇二年一月
春風春風吹吹	民生報	二〇〇二年一月
誰去掛鈴鐺——馬景賢小小兒童劇場	小魯文化	二〇〇三年三月
誰怕大野狼——馬景賢小小兒童劇場	小魯文化	二〇〇三年四月

大青蛙愛吹牛——馬景賢小小兒童劇場	小魯文化	二〇〇三年四月
老馬相聲	小兵出版社	二〇〇四年八月
小英雄與老郵差	天衛文化事業公司	二〇〇四年十月
北斗七星不見了	國語日報	二〇〇四年十月
小英雄當小兵	小魯文化	二〇〇五年九月
三隻小紅狐狸	小魯文化	二〇〇六年十月
文字拼圖	民生報	二〇〇六年六月
小白鴿	小魯文化	二〇〇六年九月
遠在天邊	小兵出版社	二〇〇六年月
白玉狐狸	天衛文化事業公司	二〇〇八年八月
元曲經典故事	小魯文化	二〇〇八年十一月
說相聲學語文	小魯文化	二〇〇九年九月
小河彎彎——馬景賢精選集	九歌出版社	二〇一〇年九月

新世紀少兒文學家 6

小河彎彎

馬景賢精選集

著者	馬景賢
插畫	江正一
主編	林文寶
執行編輯	鍾欣純
發行人	蔡文甫
出版發行	九歌出版社有限公司 臺北市105八德路3段12巷57弄40號 電話／02-25776564・傳真／02-25789205 郵政劃撥／0112295-1
九歌文學網	www.chiuko.com.tw
印刷	晨捷印製股份有限公司
法律顧問	龍躍天律師・蕭雄淋律師・董安丹律師
初版	2010（民國99）年9月10日
初版2印	2013（民國102）年9月
定價	250元

書號　0171006

ISBN　978-957-444-720-6

（缺頁、破損或裝訂錯誤，請寄回本公司更換）

國家圖書館出版品預行編目資料

馬景賢精選集 ： 小河彎彎／馬景賢著 ； 江正一圖 .
— 初版 . — 台北市：九歌，民99.09
面； 公分 . —（新世紀少兒文學家 ;6）
ISBN 978-957-444-720-6（平裝）

859.6 99014615

新世紀
少兒文學家

新世紀
少兒文學家

新世紀
少兒文學家

新世紀
少兒文學家